미친 노인의
일기

瘋癲老人日記

KB110470

다니자키 준이치로
김효순 옮김

미친 노인의 일기

瘋癲老人日記

65세 무렵의 다니자키 준이치로(1951)

차례

1

16일. ……밤에 신주쿠 제일극장 야간부 연극을 보러 갔다. 상연물은 「은혜와 원수의 저편에」[1], 「히코이치 이야기」[2], 「스케로쿠 구루와노 모모요구사」[3]였는데, 다른 것은 보지 않고 「스케로쿠」만을 목표로 삼았다. 간야[4]가 주인공 스케로쿠 역이라니 아쉬운 점이 없지 않았지만, 돗쇼[5]가 여주인공인 아게마키 역을 한다고 해서였다. 그가 얼마나 아름다울까 하는 생각에 스케로쿠보다 아게마키 쪽에 마음이 끌렸다. 할멈과 사쓰코를 데리고 갔다. 조키치도 회사에서

---

1 「은혜와 원수의 저편에(恩讐の彼方に)」: 기쿠치 간(菊池寛, 1888~1948)의 동
   명 소설을 각색한 희곡.

2 「히코이치 이야기(彦市ばなし)」: 기노시타 준지(木下順二, 1914~2006)의 작품.

3 「스케로쿠 구루와노 모모요구사(助六曲輪菊)」: 가부키 상연물의 일종. 제목은
   주인공 스케로쿠를 연기하는 배우에 따라 바뀐다.

4 모리타 간야(守田勘彌, 1907~1975): 가부키 배우.

5 사와무라 돗쇼(澤村訥升, 1802~1853): 가부키 배우.

바로 올 것이다. 「스케로쿠」 연극을 아는 것은 나와 할멈뿐, 사쓰코는 모른다. 할멈도 단주로[6]가 나오는 것을 본 적이 있을지도 모르지만, 기억에 없고 선선대인 우자에몬이 나온 것은 한두 번 본 적이 있다 한다. 역시 단주로가 연기하는 것을 확실히 본 것은 나 혼자뿐이다. 그것은 1897년 전후, 열서너 살 무렵의 일이었을 것이다. 단주로가 스케로쿠를 연기한 것은 이때가 마지막으로, 1903년에는 이미 죽고 없었다. 아게마키 역은 선대인 우타우에몬이었는데, 그때는 우타우에몬이 아직 후쿠스케라고 불리던 시절이었다.[7] 이큐[8] 역은 후쿠스케의 아버지인 시칸이었다. 우리 집이 혼조 와리게스이에 있었을 시절로, 료고쿠 히로코지에 있던, 가게 이름이 뭐라고 했더라, 암튼 뭐라고 하는 유명한 그림책방 앞에 스케로쿠와 이큐와 아게마키를 그린 니시키에(錦繪)[9] 세 장이 주르륵 걸려 있던 것이 아직도 잊히지 않는다.

내가 하네자에몬의 스케로쿠를 보았을 무렵에는 이큐 역은 선대인 주샤, 아게마키 역은 역시 후쿠스케였다. 당시에는 우타우에몬이라 불렸다고 생각한다. 아주 추운 겨울날이었고, 하네자에몬은 열이 40도 가까이 올랐는데도 부들부들 떨면서 물에 들어갔다. 이큐의 부하 간페라 몬헤 역은 특별히 아사쿠사의 미야토자에서 스카우트된 나카무라

6 가부키 배우 집안의 가명(家名)인 이치카와 단주로(市川團十郎).
7 가부키 배우의 가명은 대대로 세습되므로 동일인이라도 가명을 세습받으면 이름이 바뀐다.
8 스케로쿠물에서 아게마키를 노리는 무사.
9 풍속화를 색도 인쇄한 목판화.

간고로가 연기했는데, 그것이 묘하게 인상적이었다. 어쨌든 나는 스케로쿠 연기를 좋아해서 「스케로쿠」가 상연되면 간야가 나오는 것이라도 보러 가고 싶어진다. 하물며 좋아하는 돗쇼를 볼 수 있다면야.

간야가 스케로쿠를 연기하는 것은 처음이겠지만 아무래도 감동은 없다. 간야뿐만 아니라 요즘의 스케로쿠는 모두 타이츠를 입는다. 때때로 타이츠의 주름이 쭈글쭈글 몰리는 일도 있다. 그런 모습을 보면 감흥이 싹 사라진다. 반드시 맨다리에 분을 발라 분장했으면 한다.

돗쇼의 아게마키는 충분히 만족스러웠다. 그것만으로도 애써 가서 본 보람이 있다고 생각한다. 후쿠스케 시절의 옛 우타우에몬이라면 모를까 요즘 이렇게 아름다운 아게마키를 본 적이 없다. 나는 페데라스티[10] 취향은 없지만, 최근 신기하게도 여자 역할을 연기하는 젊은 가부키 배우에게 성적 매력을 느끼게 되었다. 그것도 맨얼굴은 안 된다. 여장을 한 무대 위의 모습이어야 한다. 아, 참, 그렇지. 문득 생각났는데 나도 페데라스티 취향이 전혀 없다고는 할 수 없다.

젊었을 때 딱 한 번 기괴한 경험을 한 일이 있다. 당시 신파극에서 여자 배역을 연기하는 와카야마 지도리라는 미소년이 있었다. 그는 야마자키 조노스케[11] 일파로 나카즈의 마사고자에 나갔는데, 약간 나이가 들고 나서는 6대째와 얼

---

10   페데라스티(Pederasty): 소년애. 성인 남성과 소년이 사랑을 맺는 행위.
11   야마자키 조노스케(山崎長之輔, 1877~1924): 일본의 배우. 본명은 야마자키 조키치(山崎長吉).

굴이 비슷한 선대 아라시 요시사부로의 상대역으로 미야토 자에 나갔다. 나이가 들었다고는 해도 서른을 갓 넘겼을 뿐 이라 여전히 아름다웠는데 얼핏 보면 한물간 여자 느낌이 나서 아무래도 남자로 보이지는 않았다. 특히 마사고자 시절, 오자키 고요[12]의 「나쓰고소데」[13]의 여주인공을 연기할 때 나는 그녀, 아니 그에게 매혹되었다. 어떻게든 그를 술자 리에 불러 무대에서 본 모습 그대로 여장을 시키고, 잠깐이 라도 좋으니 같이 자 보고 싶다. 그런 농담을 했더니, 원하 시면 그렇게 하게 해 드리겠다고, 어떤 술집 여주인이 말했 다. 그렇게 뜻하지 않게 내 희망이 이루어졌고, 순조롭게 동 침을 하게 되어 일을 치르게 되었는데, 보통 예기와 보통의 방법으로 하는 것과 다름이 없었다. 요컨대 그는 마지막 순 간까지 상대가 남자임을 느끼지 않게 여자 역할을 해냈다. 가발을 쓴 채로 배 바닥처럼 움푹 들어간 모양의 베개를 베 고 어두운 방 안의 이불 속에서 화려한 무늬의 긴 속옷을 입 기는 했지만 참으로 특별난 기교를 부려서 정말로 신기한 경험을 했다. 단언하건대 그는 소위 양성구유자는 아니다. 훌륭한 남자의 기구를 가지고 있었다. 다만 기교로 그것을 알아차리지 못하게 할 뿐이었다.

하지만 아무리 기교가 뛰어나다 해도, 원래 그런 것은 내 취향이 아니었기 때문에 단 한 번 호기심을 충족시켰을

---

12 오자키 고요(尾崎紅葉, 1867~1903): 소설가, 하이쿠 시인. 대표작으로 『다정
　　다한(多情多恨)』(1896), 『금색야차(金色夜叉)』(1897~1902)가 있다.

13 「나쓰고소데(夏小袖)」: 몰리에르의 희곡 『수전노』를 오자키 고요가 가부키 대
　　본으로 번안한 것.

뿐, 이후 동성과 관계를 한 일은 없었다. 그런데 일흔일곱이 된 오늘날, 이미 그런 능력을 상실한 상태가 되고 나서 남장을 한 미인이 아니라 여장을 한 미소년에게 매력을 느끼는 이유는 뭘까? 청년 시절의 와카야마 지도리에 대한 기억이 오늘에 이르러 되살아난 것일까? 아무래도 그런 것은 아닌 것 같다. 그보다는 아무래도 불능이 된 노인의 성생활(불능이 되어도 어떤 종류든 성생활은 있는 법이다.)과 관계가 있는 것 같다. …… 오늘은 팔이 아프다. 이것으로 마치겠다.

17일. 어젯밤에 이어 조금 더 쓴다. 장마철에 들어서서 비가 좀 내리기는 했지만, 어젯밤에는 꽤 더웠다. 물론 극장 안은 냉방이 되었지만 내게는 그 냉방이 해롭다. 냉방 탓에 왼팔의 신경통이 도져 피부 감각의 마비가 더 심해졌다. 평소에는 손목에서 손끝까지의 부위가 아팠지만, 손목 위와 팔꿈치 관절까지 통증이 퍼졌고 때로는 팔꿈치를 넘어 어깨 근처까지 통증이 올라갔다.

"그것 보세요. 이럴 거라고 했잖아요. 그렇게까지 해서 보러 올 필요 없잖아요."

할멈이 말했다.

"이런 이류 연극."

"아냐, 그런 게 아니야. 나는 저 아게마키의 얼굴을 보는 것만으로도 어느 정도 통증을 잊는다고."

할멈이 나무라자 나는 한층 더 고집을 부렸다. 그래도 팔은 점점 더 심하게 시려 왔다. 얇은 비단으로 지은 여름 하오리[14] 아래 폴라 홑옷을 입고 긴 비단 속옷까지 받쳐 입고도 왼손에 회색 장갑을 끼고 백금으로 된 손난로를 손수건으로 싸서 들었다.

"그래도 돗쇼는 정말 아름다워. 아버님이 그렇게 말씀하시는 것도 무리는 아니지."

사쓰코가 말했다. 그러자 조키치가 '자네가' 하고 말을 꺼냈다가 '네가'라고 고쳐 말하며 물었다.

"네가 가부키의 재미를 알아?"

"잘하는지 못하는지는 몰라도 아름다운 얼굴과 자태는 감동적이야. 아버님, 내일 보러 오지 않을래요? 아마 「가와쇼」[15]의 고하루가 좋을 거예요. 보시려면 내일 보시는 게 좋을 것 같은데. 앞으로는 갈수록 더 더워질 테니까요."

솔직히 말해서 팔이 아파 주간부를 보러 가는 것은 그만두려고 생각했는데, 할멈이 나무라자 더 오기가 생겨 아픈 것을 참고 내일 낮에 다시 오려고 했다. 사쓰코는 그런 나의 기분을 정말이지 잽싸게 알아차린다. 사쓰코가 할멈에게 나쁜 감정이 있다는 점은 이럴 때 할멈을 무시하고 내 기분을 맞추려 하는 것으로 알 수 있다. 그녀도 돗쇼를 좋아하기는 하겠지만 어쩌면 지혜 역의 단고[16]에 더 흥미가 있는지도 모른다.

오늘 주간부 「가와쇼」의 장은 오후 2시에 개연하여 3시 20분쯤 끝난다. 오늘은 염천으로 어제보다 더 덥다. 차

---

14   하오리(羽織): 일본 전통 복식에서 겉에 입는 긴 옷.

15   「가와쇼(河庄)」: 가미야 지혜(紙屋治兵衛)와 유녀 고하루(小春)의 동반 자살을 다룬 가부키.

16   이치카와 엔노스케 3세(市川猿之助, 1939~): 가부키 배우.

안에서 느껴지는 더위로 짐작컨대 오늘은 냉방이 더 셀 것이 틀림없을 테니, 팔이 아프면 어쩌나 걱정했다. 운전수가, 어제는 밤이라서 괜찮았지만, 지금은 시간이 시간이니만큼 반드시 어디에선가 데모대를 만날 것이다, 미국 대사관과 국회 의사당, 난헤이다이를 잇는 길을 어디에선가 가로질러야 하니 좀 서둘러 출발해 달라고 말한다. 어쩔 수 없이 1시에 출발했다. 오늘은 조키치가 결석이라 세 명이다.

다행히 큰 문제없이 도착했다. 아직 단시로[17]의 「아쿠타로(惡太郎)」가 끝나지 않았다. 그것은 보지 않고 식당에 들어가 잠깐 쉬었다. 모두 음료수를 마시길래 나도 아이스크림을 주문했으나 할멈이 말렸다. 「가와쇼」의 출연자는 고하루 역에 돗쇼, 지헤이 역에는 단고, 마고우에몬 역은 엔노스케[18], 그의 아내 오쇼 역의 소주로[19], 다헤 역의 단노스케[20] 등이다. 예전에 선대 간지로[21]가 신토미자에서 이 연극을 한 것이 생각났다. 그 시절 마고우에몬은 이 엔노스케의 아버지 단시로[22]가 했고, 고하루는 선대 바이코[23]가 했다. 요즘 단고는 지헤이를 대단히 열정적으로 연기한다. 그가 전력을 다한다는 것은 인정하지만, 지나치게 열심히 하다 보니

---

17 이치카와 단시로 3세(市川団四郎, 1908~1963): 가부키 배우.

18 이치카와 엔노스케 2세(市川猿之助, 1888~1963): 가부키 배우.

19 사와무라 소주로 8세(澤村宗十郎, 1908~1975): 가부키 배우.

20 이치카와 단노스케 6세(市川団之助, 1876~1963): 가부키 배우.

21 나카무라 간지로(中村雁治郎, 1860~1935): 가부키 배우.

22 이치카와 단시로 2세(1855~1922): 이치카와 엔노스케 2세의 아버지.

23 오노에 바이코 6세(尾上梅幸, 1870~1934): 가부키 배우.

너무 긴장을 해서 어색하다. 물론 그렇게 젊은 나이에 큰 역할을 맡았으니 무리도 아니다. 노력이 헛되지 않도록 앞으로 대성하기를 바랄 뿐이다. 같은 큰 역할이라도 오사카의 것이 아니고 에도(도쿄의 옛 이름)의 것을 고르는 편이 더 나았으리라 생각된다. 돗쇼는 오늘도 아름다웠지만, 아게마키 역할 쪽이 더 나은 것 같았다.「곤자와 스케주(權三と助十)」가 더 남아 있었지만 보지 않고 나왔다.

"여기까지 왔으니 이세탄 백화점에 잠깐 들를까?"

할멈의 반대를 예상하며 이야기하니, 아니나 다를까 이렇게 대답한다.

"또 냉방을 할 텐데 괜찮겠어요? 이렇게 더운데 빨리 돌아가는 게 낫지 않아요?"

"이렇게 돼서."

나는 들고 있던 스네이크우드 스틱 끝의 쇠붙이를 보여 주었다.

"여기가 빠졌어. 왜 그러는지는 모르지만 스틱의 쇠붙이는 정말 오래 안 가. 2~3년이면 반드시 빠진다니까. 이세탄 특선 매장에 가면 좋은 게 있을 거야."

실은 다른 생각이 좀 있으시만 내색은 하지 않았다.

"노무라 씨, 돌아갈 때도 데모를 피할 수 있을까?"

"아, 예, 괜찮을 것 같습니다."

운전수의 말에 의하면 오늘은 전학련[24] 반주류파가 데

24 '전 일본 학생 자치회 총 연합'의 약칭. 각 대학, 고등학교 등의 학생 자치회의 전국적 연합 기구로, 1948년에 결성되고, 프라하에 본부를 둔 국제 학생 연맹에 가맹했다. 일본 학생 운동의 중심이었고, 좌익 성향이 짙은 데다 과격

14

모를 할 텐데, 2시부터 히비야 공원에 모여 주로 국회와 경시청 주변을 덮칠 것이니 그들하고 부딪히지 않는 편이 좋을 것이라 한다.

신사용 특선 매장은 3층에 있었지만, 공교롭게도 마음에 드는 스틱은 없었다. 온 김에 보고 가자며 2층 여성용 특선 매장을 둘러보았다. 백화점 전체가 백중을 맞아 바겐세일이 한창이라 상당히 복잡하다. 여름 시즌 이탈리안 패션이 진열되어 있어서, 유명 디자이너가 디자인한 이탈리안 취향의 오트 쿠튀르(haute couture)[25] 의상으로 가득 차 있었다.

"와, 멋지네!"

사쓰코는 감탄사를 연발하며 쉽게 떠나려 들지 않았다. 사쓰코에게 피에르 가르뎅의 실크 스카프를 사 주었다. 3000엔 정도 한다.

"이런 것을 정말 갖고 싶은데, 너무 비싸서 엄두가 안 나요."

오스트리아제인 듯한 베이지색 가죽에 쇠붙이 장식을 하고 모조 사파이어로 보이는 보석을 박은 핸드백 앞에서 사쓰코는 자꾸만 탄성을 질렀다. 정가는 2만 몇천 엔이다.

"조키치에게 사 달라고 하려무나."

"안 돼요, 그이는 짠돌이라서."

할멈은 입을 다물고 아무 말도 하지 않는다.

행위가 많았다. 오늘날에는 조직이 흩어져서 큰 힘을 발휘하지 못하고 있다.
25 기성복이 아닌 예술성을 중시한 고급 맞춤복, 혹은 매년 두 번 파리에서 열리는 의상 박람회를 뜻한다.

"벌써 5시네. 할멈, 이제 긴자에 가서 저녁이나 먹고 갈까?"

"긴자 어디에서요?"

"하마사쿠에 가지. 얼마 전부터 장어 요리가 너무 먹고 싶어."

사쓰코를 불러 하마사쿠에 전화를 걸어 카운터 자리로 서너 자리 예약하게 했다. 6시에 갈 거니까 조키치도 올 수 있으면 오라고 했다. 운전수 노무라가 말하기를 데모는 밤늦게까지 계속될 테고, 가스미가세키에서 긴자까지 가서 10시에 해산할 것이라고 한다. 지금 하마사쿠에 가려면 8시까지는 돌아올 수 있으니 괜찮을 것이다. 다만 좀 돌아서 이치가야 미쓰케에서 구단시타를 거쳐 야에스 입구를 지나가면 시위대를 만날 염려가 없으리라고 한다.

18일. 어젯밤에 이어서 계속. 예정대로 6시에 하마사쿠에 도착. 조키치가 먼저 와 있었다. 할멈, 나, 사쓰코, 조키치 순서로 앉았다. 조키치 부부는 맥주, 우리는 보온 잔에 담긴 차를 마셨다. 밑반찬으로 우리들은 한천 두부, 조키치는 삶은 풋콩, 사쓰코는 보즈쿠를 시켰다. 나는 한천 두부 외에 흰 된장으로 무친 말린 고래 요리가 먹고 싶어서 추가했다. 얇게 저민 도미회 2인분과 매실 간장 장어 2인분을 주문했다. 도미는 할멈과 조키치, 장어는 나하고 사쓰코가 먹었다. 구이로는 나 혼자만 도미를 시키고 나머지 세 명은 은어 소금구이를, 그리고 네 명 모두 송이버섯 양념 찜을 먹었다. 그 외에 기름을 발라 구워 된장으로 양념한 가지도 주문했다.

"더 먹고 싶으면 먹으렴."

"설마요. 아직도 부족해요?"

"부족한 것은 아니지만 이곳에 오면 간사이 지방 요리가 생각나."

"소금에 살짝 절인 옥돔이 있어요."

조키치가 말했다.

"아버님 이것 드시지 않겠어요?"

사쓰코 앞에 장어가 그대로 남아 있었다. 그녀는 남은 것을 내게 줄 심산으로 겨우 한두 조각만 먹었을 뿐이다. 솔직히 말하면 나도 그녀가 먹다 남긴 음식이 내게 돌아올 것을 예상하고, 어쩌면 그것을 목적으로 오늘 밤 이곳에 온 것인지도 모른다.

"이런, 나는 벌써 다 먹어서 매실 간장 장어는 치워 버렸는데."

"매실 간장 장어라면 여기에 있어요."

사쓰코는 장어와 함께 매실 간장 장어를 밀어 주면서, 내게 물었다.

"매실 간장 장어만 따로 주문할까요?"

"그럴 것까지는 없지, 이거면 됐어."

사쓰코는 매실 간장 장어를 단 두 조각밖에 먹지 않았지만 꽤 지저분해져 있었다. 여자답지 않게 지저분하게 먹었다. 어쩌면 일부러 그런 것인지도 모른다.

"여기 은어 내장도 발라 놓았어요."

할멈이 말한다. 할멈은 은어구이 뼈를 깔끔하게 발라 내는 것이 특기다. 그녀는 머리와 뼈와 꼬리를 접시 한쪽에 몰아 놓고, 고양이가 핥아 먹은 것처럼 몸통 살을 한 조각도 남김없이 먹는다. 그리고 나를 위해 내장을 남겨 놓는 것이 습관이 되었다.

사쓰코가 말했다.

"제 것도 있어요. 저는 생선을 잘 못 먹어서 어머니처럼 깔끔하지는 않지만요."

사쓰코가 먹다 남긴 은어의 잔해는 정말로 지저분하다. 매실 간장 장어 이상으로 지저분하게 흩어져 있다. 나에게는 이것도 의미가 있는 것 같았다.

식사 중에 지나가는 말로 조키치가 2~3일 안으로 삿포로에 출장을 갈지도 모른다는 이야기를 했다. 일주일 이상 체재할 예정인데 오려면 같이 오라고 한다. 사쓰코는 잠시 생각을 하더니, 홋카이도의 여름이 보고 싶지만 이번에는 그만두겠다며, 20일에 하루히사 씨하고 복싱을 보러 가기로 약속을 했다고 한다. 조키치는 '그래?'라고 대꾸할 뿐 굳이 오라고 하지 않았다. 7시 30분쯤 귀가.

18일 아침. 게이스케는 학교에 가고 조키치는 회사에 간 후, 정원을 산책하고 나서 정자에서 쉬었다. 정자까지는 30미터 정도 되는데 걷는 것이 점점 더 힘들어져서 어제 다르고 오늘 다르다. 장마철에 들어서서 습기가 많은 탓도 있지만 작년 장마 때는 이렇지 않았다. 다리는 팔처럼 아프거나 시리지는 않았지만 어쩐지 묵직한 게 감각이 뒤죽박죽되었다. 무릎이 묵직해졌다가 발등이나 발바닥이 묵직해지기도 하는 것이 그날그날 다르다. 의사의 소견도 제각각이다.

예전에 경미하게 앓았던 뇌일혈 후유증도 조금 남아서 뇌중추에도 약간의 변화가 있기 때문에, 그것이 다리에 영향을 주는 것이라는 의견도 있고, 또 뢴트겐으로 검사해 보면 경추와 요추가 굽어져 있기 때문이라는 의견도 내놓는다. 경추나 요추를 교정하기 위해서는 침대를 비스듬하게 해 놓고 목을 위쪽에서 늘어뜨리거나 깁스로 코르셋을 만들어 당분간 그것을 허리에 착용하고 있는 게 좋겠다는 의견도 있다. 나는 그런 갑갑한 자세를 취하는 것을 도저히 견딜 수 없기에 그냥 이대로 견디고 있다. 하지만 걷기 힘들어도 매일 조금씩 걷지 않으면 안 된다. 걷지 않으면 정말 그길로 걸을 수 없게 될 것이라고 위협을 한다. 가끔 비틀거리며 넘어질 것 같아 대나무로 만든 지팡이를 짚고 다니는데, 대개는 사쓰코나 간호부가 따라온다. 오늘 아침에는 사쓰코가 따라왔다.

"사쓰코, 여기 이거."

정자에서 쉴 때, 나는 소매에서 조그맣게 싼 지폐 다발을 꺼내 손에 쥐어 주었다.

"뭐예요? 이게."

"2만 5000엔이야. 어제 본 그 핸드백 사거라."

"정말 감사합니다."

사쓰코는 서둘러 블라우스 안쪽에 지폐 다발을 넣었다.

"하지만 그걸 들고 다니면 할멈이 내가 사 준 걸 알아차리겠지."

"어머니는 그때 보지 않으셨어요. 앞으로 휙 지나가셨어요."

아, 그랬지 하고 생각했다.

……………………………………………………………………………………………
……………………………………………………………………………………………
……………………………………………………………………………………………
……………………………………………………………………………………

　19일. 일요일인데도 불구하고 조키치는 출장을 위해
오후에 하네다 공항으로 향했다. 사쓰코도 바로 뒤를 이어
영국제 자동차 힐만을 타고 나갔다. 사쓰코는 운전을 험하
게 하기 때문에 식구들은 좀처럼 거기에 타는 일이 없다. 그
러니 자연히 그녀 전용이 되었다. 그녀는 남편을 전송하러
간 것이 아니었다. 스칼라자에 알랭 들롱이 나오는 「태양은
가득히」를 보러 간 것이다. 오늘도 아마 하루히사와 함께
간 것 같다. 게이스케는 혼자 풀이 죽어 집에 있다. 오늘 쓰
지도에서 구가코가 애들을 데리고 올 것이라며 그것을 기다
리고 있는 것 같다.

　오후 1시 지나서 스기다 씨가 왕진을 왔다. 내가 너무
아파하자 어떻게든 해야지 하는 마음에 간호사가 걱정이 되
어 전화를 했기 때문이다. 도쿄 대학 병원 내과 의사 가지우
라의 진단으로는 오늘은 뇌중추의 병소가 상당히 좋아졌다
고 한다. 게다가 통증이 있다는 것은 뇌 쪽의 병이 아니며,
류머티즘성 혹은 신경통 같은 것으로 변화하는 증거라고 한
다. 스기다 씨의 의견으로는 정형외과 쪽에서 진단을 받으
라고 해서 도라노몬 병원에서 뢴트겐을 찍었는데, 경추 부
근이 흐려져 있고 팔의 통증이 그렇게 심하다면 혹시 암일
지도 모른다고 겁을 주어서 경추 단층 사진까지 찍었다. 다

행히 암은 아니었지만, 6번 경골과 7번 경골이 변형되었다고 한다. 경추도 변형되었지만, 이쪽은 목만 그런 것이 아니라고 한다. 팔이 아프거나 마비되는 것은 그 때문이라 하므로, 그것을 고치기 위해서는 미끄럼판을 만들어서 아래에 도르레를 넣고 30도 정도 비스듬하게 해서 처음에는 아침저녁 15분 정도 그 위에 누워 있고, '그린슨식 슈링게'라는 것(목 치수에 맞춰 특별히 의료 기계점에서 제작하는 일종의 목을 늘어뜨리는 기계)에 목을 넣고, 체중으로 목을 당겨 올리라 한다. 그 시간과 횟수를 점점 늘려 두세 달 계속하면 낫는다는 것이다. 나는 이 더위에 도저히 그렇게 할 생각이 들지 않았지만, 달리 이렇다 할 치료법도 없으니 한번 해 보라고 스기다 씨가 권한다. 할지 말지 모르겠지만 어쨌든 목수를 불러 미끄럼틀과 도르레를 만들게 하고 의료 기계점 사람을 불러 목둘레를 재게 했다.

2시쯤 구가코가 왔다. 아이 둘을 데리고 왔다. 장남은 야구를 보러 가서 오지 않았다고 한다. 아키코와 나쓰지는 벌써 게이스케의 방에 가 있는 모양이다. 셋이서 동물원에 갈 계획인 것 같다. 구가코는 나에게 삐쭉 인사를 할 뿐, 무슨 이야기인지 거실에서 할멈하고 계속 수다를 떨고 있다. 늘 보던 모습이라 새로울 것도 없다.

오늘은 쓸 만한 일이 별로 없기 때문에 이럴 때 마음속에 있는 이야기를 조금 써 보겠다. 노년이 되면 누구나 그럴지도 모르겠지만, 요즘 나는 죽음에 대해 생각하지 않는 날이 하루도 없다. 물론 내 경우 요즘에만 그런 것은 아니다. 꽤 오래전부터, 그러니까 20대부터 그랬는데 요즘에 특히 더 심해졌다. '내가 오늘 죽는 것은 아닐까.' 하는 생각을 하루에 두세 번이나 한다. 그것이 꼭 공포를 동반하는 것은 아니다. 젊었을 때는 엄청난 공포심을 동반했지만, 지금은 그것이 어느 정도 즐겁게 생각되기도 한다. 그 대신 내가 죽을 때나 사후의 광경을 세세하게 공상하며 어렴풋이 그려 본다. 고별식은 아오야마 장례식장 같은 데 가서 하는 것이 아니라, 이 집 정원 쪽으로 나 있는 5평짜리 방에 관을 안치한다. 그렇게 하면 장례식에 찾아오는 사람들은 바깥문에서 중문을 거쳐 돌다리를 따라 향을 피우러 오기에 편하다. 생황 같은 것을 연주하는 것은 민폐겠지만, 도미야마 세이킨[26] 같은 사람이 「잔월」을 연주해 주었으면 좋겠다.

바닷가 소나무 잎 사이로 숨어
바다로 들어가 버리는 달처럼
당신은 꿈과 같은 세상을 일찍 떠나
미혹함 없는 달의 세상에 살고자 하누나.

세이킨의 목소리로 이렇게 노래하는 것이 들리는 것 같다. 이미 죽었겠지만, 죽어도 들리는 것 같다. 할멈이 우는 소리도 들린다. 이쓰코도, 구가코도 나하고는 맞지가 않아 싸움만 했지만 역시 소리 내어 운다. 아마 사쓰코는 태연하겠지. 아니면 의외로 울까? 하다못해 우는 척이라도 할까? 죽고 나면 얼굴은 어떤 모양이 될까? 될 수 있으면 지금

---

26   도미야마 세이킨(富山清翁, 1913~2008): 속요와 이쿠다류 쟁곡의 시조.

정도는 살이 있으면 좋겠다. 좀 밉살스러워 보일 정도로.

"영감……"

여기까지 썼을 때 갑자기 할멈이 구가코를 데리고 들어왔다.

"구가코가 아버지한테 뭔가 부탁이 있다 해서요."

구가코의 부탁이란 이런 것이었다. 장남 쓰토무가 아직 대학교 2학년이라 너무 이르긴 하지만, 여자 친구가 생겨서 결혼을 시켜 달라고 해서 허락했다. 하지만 젊은 두 사람을 아파트에 살림을 내주는 것은 불안해서 쓰토무가 졸업하고 취직을 할 때까지는 데리고 살면서 부부 생활을 하게 하려고 한다. 그러기에는 지금 있는 쓰지도의 집은 너무 좁다. 그렇지 않아도 아이가 셋 있는 구가코 부부에게도 너무 좁아서 곤란하다. 거기에 며느리를 들이면 얼마 안 있어 아이도 태어날 터다. 그러니 이 김에 좀 더 넓고 근대적인 양옥으로 이사를 하고 싶다. 같은 쓰지도의 500~600미터 정도 떨어진 곳에 안성맞춤인 가옥이 한 채 매물로 나와 있어서 어떻게든 그것을 사고 싶은데, 그러려면 돈이 200~300만 엔 부족하다, 100만 엔 정도는 어떻게든 될 것 같은데 그 이상은 당장 마련하기가 힘들다. 물론 그 돈을 아버지에게 그냥 달라는 것은 아니다, 은행에서 빌릴 생각인데 당장 그 이자 2만 엔 정도를 도와줄 수 있느냐. 그것도 내년 안에 갚겠다는 것이다.

"주식을 가지고 있지 않느냐? 그걸 팔면 안 되겠니?"

"그것을 팔면 정말이지 우리는 빈털터리가 돼요."

"맞아요, 정말로. 그것만은 손을 대지 않는 게 좋겠어요."

이렇게 말하며 할멈이 거든다.

"그래요, 무슨 일이 있을 때를 대비해서 그것은 그대로 둘 생각이에요."

"무슨 말을 하는 거냐. 네 남편은 아직 40대가 아니냐. 젊은 나이에 그렇게 기개가 없어서 어디에 쓰냐?"

"구가코는 시집을 가고 나서 지금까지 한 번도 이런 이야기를 하러 온 적이 없어요. 이번이 처음이에요. 들어주시는 게 어때요?"

"2만 엔이라고 하지만 3월이 되어서 이자를 갚지 못하면 어떻게 해?"

"아유, 그때 일은 그때 가서 생각하고요."

"그러면 한이 없어서 안 돼."

"호코다도 절대로 폐를 끼치지는 않을 거예요. 우물쭈물하다가는 놓쳐 버릴 것 같으니까 한 번만 도와 달라고 하는 거예요."

"이자 정도는 당신이 좀 융통해 줄 수 없나?"

"나 보고 내라니 너무 하네요. 사쓰코한테는 힐만을 사 주었으면서."

그런 말을 들으니 확 화가 치밀어서 나는 단호히 거절을 하기로 결심했다. 오히려 기분이 후련했다.

"뭐 생각해 보기로 하지."

"오늘 답을 들을 수 있어요?"

"요즘 여기저기 돈 나갈 데가 많아서 말이야."

투덜투덜하며 두 사람이 나갔다. 엉뚱하게도 방해자가 들어와 이야기가 중단되어 버렸다. 방금 전 하던 이야기를 조금 더 하겠네. 50대 정도까지는 죽음에 대한 예감이 그 무엇보다 두려웠지만 지금은 그렇지 않다. 이제 인생이 피곤해서 그런지, 언제 죽어도 좋다는 생각이 든다. 일전에 도라노몬 병원에서 단층 사진을 찍었을 때 암일지도 모른다는 말에 같이 있던 할멈이나 간호부는 새파랗게 질렸지만, 나는 아무렇지도 않았다. 이렇게 아무렇지도 않은 것이 의외였다. 길고 긴 인생이 이제 드디어 끝나는구나 하며 어느 정도 안도감이 들 정도였다. 섣불리 집착하는 마음은 조금도 들지 않았다. 하지만 살아 있는 한 이성에게 끌리지 않으면 안 된다. 그런 생각은 죽는 순간까지 계속되리라 생각된다. 90세가 되어서도 보란 듯이 자식을 낳은 구하라 후사노스케[27]와 같은 정력은 없고 이미 완전한 무능력자지만, 그렇기 때문에 여러 가지 간접적인 방법으로 변형된 성적 매력을 느낄 수 있다. 현재의 나는 그와 같은 성욕의 즐거움과 식욕의 즐거움으로 살고 있는 것 같다. 그런 나의 심경을 사쓰코만은 어렴풋하게나마 알아채고 있는 듯하다. 이 집안 식구들 중에 그것을 아는 사람은 사쓰코뿐이다. 다른 사람은 한 사람도 모른다. 사쓰코는 조금씩 간접적인 방법으로 시험하며 그 반응을 보는 것 같다.

　　나는 내가 추한 주름투성이 늙은이라는 사실을 잘 안다. 밤에 잘 때 틀니를 빼고 거울을 보면 참으로 신기한 얼굴을 하고 있다. 위턱과 아래턱에 내 이는 한 개도 없다. 잇몸

27　구하라 후사노스케(久原房之助, 1869~1965): 일본의 실업가, 정치가. 중의원 의원 5회 당선. 체신 대신, 내각 참의, 대정익찬회 총무, 입헌정우회 총재 역임.

도 없다. 입을 다물면 윗입술과 아랫입술이 합죽이처럼 붙고 그 위에 코가 늘어져 턱까지 닿는다. 이것이 내 얼굴인가 하며 아연실색하지 않을 수 없다. 인간은 물론이고 원숭이도 이렇게 추한 얼굴을 하고 있지는 않을 것이다. 이런 얼굴로 여자가 나를 좋아할 거라든가 하는 바보 같은 생각은 안 한다. 그 대신 그런 자격이 전혀 없는 노인이라는 사실을 나 자신도 틀림없이 인지하고 있으리라 생각하며 세상 사람들이 안심하기를 기다린다. 그런 틈을 노려 어떻게 하겠다는 주제도 안 되고 실력도 없지만, 안심하고 미인의 옆에 붙어 있을 수 있다. 나는 실력이 없는 대신 미녀를 미남에게 접근시켜 가정에 분란을 일으키고는 그것을 즐길 수는 있다. ……

20일. 조키치는 요즘 사쓰코를 별로 사랑하지 않는 듯싶다. 게이스케를 낳고 난 후 차츰 애정이 식는 것 같다. 어쨌든 출장이 잦은 데다 도쿄에 있어도 회식이 많아서 밤늦게 다닌다. 밖에 누가 생긴 것인지도 모르겠지만, 그 점은 확실하지 않다. 지금은 여자보다 일 쪽이 재미있어 죽겠는 모양이다. 예전에는 꽤 열렬한 사이였던 시절도 있었을 텐데, 금방 싫증을 내는 것은 부모를 닮은 것 같다.

나는 방임주의이기 때문에 굳이 간섭을 하지 않지만, 할멈은 사쓰코와의 결혼을 반대했다. N. D. T.의 무희라고 했는데, 니치게키[28]에 있었던 것은 아주 잠깐뿐으로 그 후

---

28 일본 극장(日本劇場, 1933~1981): 도쿄 지요다 구 유라쿠초에 위치한 동양 최대의 극장. 통칭 니치게키(日劇). N. D. T.는 니치게키 전속 무용단인 '니치게키 댄싱 팀'의 약칭.

에는 무엇을 하였는지 아사쿠사 주변에 있었던 것도 같고, 어딘가 나이트클럽에 있었던 것 같기도 하다.

"너는 토 댄스는 안 하냐?"

"토 댄스는 하지 않아요. 발레리나가 되고 싶어서 발레 레슨을 1~2년 받은 적이 있어서 잠깐 서 있을 수는 있지만, 글쎄요, 지금도 서질까?"

둘이서 그런 이야기를 한 적이 있다.

"애써 배웠는데 그만두었구나."

"하지만 발 모양이 너무나 변형돼서 보기 흉한걸."

"그래서 그만둔 게로구나."

"나, 발이 그렇게 되는 건 싫어."

"어떻게 되는데?"

"어떻게 되다니, 정말 너무 심해. 발가락에 모두 굳은 살이 생기고 부어올라서 발톱이고 뭐고 없는 것처럼 돼 버 려요."

"지금은 발이 예쁘지 않니?"

"원래는 발이 더 예뻤었죠. 그런데 토 댄스 때문에 생 긴 굳은살 때문에 완전히 못생겨져서, 토 댄스를 그만두고 나서 원래대로 돌아오게 하려는 마음에 매일매일 열심히 경 석(輕石)이니 줄이니 이것저것으로 문질렀어. 그래도 아직 원래대로 돌아오지는 않아."

"어디, 어디, 좀 보자."

뜻밖에도 나는 사쓰코의 맨발을 만져 볼 기회를 얻었 다. 그녀는 소파 위에 두 다리를 쭉 뻗고 나일론 양말을 벗 어서 보여 주었다. 나는 그 발을 내 무릎 위에 올려놓고 다섯 개의 발가락을 하나하나 만져 보았다.

"만져 보니 부드럽네. 굳은살 같은 거 없는 것 아냐?"

"좀 더 잘 만져 봐. 거기를 꾹 눌러 보라니까요."

"아, 여기?"

"그렇지? 아직 다 안 없어졌어. 발레리나도 발 생각을 하면 할 게 못 돼요."

"레페신스카야[29]의 발도 이럴까?"

"물론이지. 나도 연습을 하는 동안엔 발에서 피가 뚝뚝 떨어진 적도 몇 번이나 있었어. 발만 그런 게 아니야. 여기 장딴지도 포동포동한 살이 없어지고 노동자 다리처럼 딱딱하게 멍울이 졌다니까. 가슴도 납작해져서 젖도 없어지고, 어깨 근육도 꼭 남자처럼 딱딱해졌어. 스테이지 댄서도 어느 정도는 그렇게 되지만, 나는 다행히 댄서가 되지는 않았지."

조키치가 사쓰코에게 끌린 것은 그녀의 자태에 있었음은 확실하지만, 학교도 제대로 나오지 않았는데 제법 똑똑한 것 같다. 지기 싫어하는 성격이라 시집을 오고 나서도 공부를 해서 프랑스어와 영어도 어느 정도는 할 줄 알게 되었다. 자동차 운전을 하고 싶어 하기도 하고 권투를 사랑하는 한편, 격에 맞지도 않게 꽃꽂이를 좋아해서 교토의 잇소테이[30]의 사위가 일주일에 두 번 여러 가지 진귀한 꽃을 도쿄에 가지고 와서 가르치는데, 그 사람한테 붙어서 교후류 꽃

29 올가 바실리예브나 레페신스카야(Ольга Васильевна Лепешинская, 1916~2008): 러시아 볼쇼이 발레단의 무용가.

30 니시카와 잇소테이(西川一草亭, 1878~1938): 문인화(文人花) 교후류(去風流) 꽃꽂이의 본가.

꽂이를 배우고 있다.

오늘은 내 방에 있는 청자 수반에 참억새와 삼백초 그리고 노루오줌꽃이 꽂혀 있다. 내친 김에 족자에 있는 나가오 우잔[31]의 글을 소개한다.

봄에 흰 털이 달린 버드나무 씨앗이 날아오지만
손님은 아직 돌아오지 않네
휘파람새와 벚꽃은 쓸쓸히 꿈속에 남누나
만 엔으로 얻은 화려한 도시의 술
봄비가 이리저리 내리니 모란꽃을 가만히 바라본다

26일. 어젯밤에는 찬 것을 너무 많이 먹어서 그런지 한밤중에 배가 아프기 시작하여 두세 번 설사를 했다. 설사약 엔테로 바이오폼을 세 알 먹었지만 멈추질 않는다. 오늘 하루 종일 누웠다 일어났다를 반복하며 보냈다.

29일. 오후에 사쓰코를 꾀어 메이지 신궁 방면으로 드라이브를 했다. 틈을 봐서 나온다고 나왔는데, 간호부가 알아채고 저도 같이 가겠다며 따라와서 전혀 재미가 없었다. 한 시간도 채 되지 않아 그만 귀가. ……

2일. 며칠 전부터 다시 혈압이 올라가는 기세다. 오늘 아침에는 180에 110. 맥박 100. 간호사가 먹으라고 해서

---

31   나가오 우잔(長尾雨山, 1864~1942): 서예가, 한학자.

혈압강하제 셀퍼실 두 알과 수면제 아달린 세 알을 먹었다. 손도 심하게 시리고 아파 왔다. 어지간히 아파도 아파서 자지 못하는 일은 좀처럼 없었다. 하지만 어젯밤에는 한밤중에 잠이 깬 후 도저히 견딜 수 없어 사사키를 깨워 진통제 노블론 주사를 놓아 달라고 했다. 노블론이 듣기는 들었지만 뒷맛이 개운하지 않았다.

"코르셋과 미끄럼틀이 완성되었으니 마음먹고 해 보지 않겠어요?"

내키지는 않았지만, 이런 상태니 시험 삼아 해 볼까 하는 생각이 들기도 했다.

3일. …… 시험 삼아 목에 코르셋을 끼워 보았다. 석고로 만든 것인데 목에서 턱을 밀어 올리게 되어 있다. 끼워도 아프지는 않았지만, 목을 전혀 움직일 수 없다. 왼쪽으로도 오른쪽으로도 아래쪽으로도 움직일 수가 없다. 가만히 정면을 응시한 채로 있어야 했다.

"이건 완전히 지옥의 고문 도구군."

일요일이기 때문에 조키치도, 게이스케도 할멈이랑 사쓰코도 다 함께 모여 구경을 했다.

"어머, 아버님, 가엾어라."

"그런 상태로 얼마나 있을 수 있어요?"

"며칠 동안이나 해야 해요?"

"그만두시는 게 낫지 않아요? 아버님 연세에 가혹해요."

주위에 모두 모여 왁자지껄 떠드는 소리가 들린다. 돌

아볼 수 없으니 얼굴은 보이지 않는다.

결국 코르셋을 그만두기로 하고 미끄럼틀에 누워서 목을 아래로 잡아당기는 것만 하기로 했다. 이른바 그린손식 슈링게라는 것이다. 처음에는 아침저녁 15분씩. 이것은 코르셋보다는 부드러운 천으로 턱을 늘어뜨리기만 하면 되는 것이라 코르셋만큼 갑갑하지는 않지만 목을 움직이지 못하는 것은 마찬가지라 천장만 바라보고 있어야 한다.

"네, 15분 지났습니다."

간호사가 손목시계를 보며 이야기해 주었다.

"한 번 끝."

게이스케가 그렇게 말하며 복도를 달려갔다.

10일. 목을 아래로 늘어뜨리는 치료를 시작한 지 오늘로 일주일이다. 그사이 15분을 25분으로 늘리고 미끄럼틀 경사를 급하게 해서 턱을 더 끌어당기게 했다. 그러나 효험은 전혀 없다. 손은 변함없이 고통스럽다. 간호사 의견으로는 적어도 두세 달 정도는 계속하지 않으면 효과가 없을지도 모른다고 한다. 나는 그렇게 참을성이 없다. 밤에 수시로 모두 모여 의논을 했다. 노인에게 이런 요법은 무리가 되니까 어쨌든 더울 동안에는 보류하고 뭔가 다른 방법을 생각하는 편이 좋다. 어떤 외국 사람이 그러는데 아메리칸 퍼머시[32]에 신경통 약으로 돌신이라는 것이 있다고 한다. 완전히

---

32 지요다 구 유라쿠초에 위치한 약국. 주둔 미군의 약국으로 시작해서 화장품,
   약품, 종이 기저귀 등을 판다.

치료할 수는 없지만 서너 알씩 하루에 서너 번 복용하면 통증이 반드시 가신다. 약효가 확실하다고 해서 사 왔다. 시험 삼아 드셔 보시라며 사쓰코가 권했다. 할멈은 덴엔초후에 있는 스즈키 씨에게 침을 놓아 달라고 하면 어떠냐. 침으로 나을지도 모르니까 부탁해 보면 어떠냐고 했다. 할멈이 전화에 대고 오랫동안 떠들어 댔다. 스즈키 씨는 매우 바쁘니 되도록 자기 집으로 와 주길 바라며, 왕진을 하게 되면 일주일에 두세 번으로 했으면 한다. 직접 보지 않으면 잘 모르겠지만 말씀하시는 것으로 봐서는 아마 치유가 가능하리라 생각되며, 두세 달 걸릴 것이라고 했다. 스즈키 씨에게는 몇 년 전에 심장 부정맥의 일종인 기외수축이 오랫동안 계속되어 힘들었을 때와 현기증으로 힘들었을 때 치료를 받은 경험이 있다. 이번에도 다음 주부터 왕진을 부탁하기로 했다.

나는 원래 건강한 체질이었다. 소년 시절부터 예순서너 살이 될 때까지는, 항문 주위 염증 수술로 일주일 정도 입원한 것 외에 병다운 병에 걸려 본 적이 없었다. 예순서너 살 때 고혈압 증세에 대한 경고를 받고, 예순일고여덟 때 경미한 뇌일혈로 한 달 정도 누워 있었는데, 육체적 고통이라는 것을 모르고 지냈다. 육체적 고통을 알게 된 것은 일흔일곱 살로 희수를 맞이하고 나서다. 처음에 왼손에서 팔꿈치, 다음에 팔꿈치에서 어깨, 그리고 발에서 다리, 다리 쪽은 좌우 양쪽으로 하루하루 운동의 자유를 잃어 갔다. 이런 상태면 무슨 재미로 사느냐고 남들도 생각할 것이고 나 자신도 그렇게 생각한다. 그런데 다행인지 불행인지 신기하게도 식욕과 수면과 배변은 매우 만족스럽게 유지되었다. 알코올과

자극적 음식, 짠 음식은 금했지만, 식욕은 보통 사람 이상이다. 비프스테이크도, 장어도 지나치지 않을 정도라면 지장이 없다고 하여 무엇이든지 맛있게 먹고 있다. 잠도 늘 지나치리 만큼 자고, 낮잠까지 합치면 하루에 아홉 시간에서 열 시간은 잔다. 배변도 하루에 두 번 한다. 소변 양이 많아 한밤중에 두세 번 일어나지만 그것 때문에 잠이 안 와서 눈이 말똥말똥한다든가 하는 일은 한 번도 없었다. 반쯤 비몽사몽으로 오줌을 누면 다시 곧바로 푹 잠든다. 손이 아파서 잠이 깨는 일도 간혹 있기는 하지만 대개는 반쯤 잠든 상태로, 아프다는 느낌은 들지만 어느새 다시 잠들어 버린다. 어지간히 아플 때는 노블론 주사를 맞고 곧 다시 잔다. 그렇게 할 수 있어서 나는 오늘날까지 살아왔다. 그렇지 않았다면 진작에 죽어 버렸을 것이다.

"손이 아프다는 둥, 걷지 못하겠다는 둥 하면서도 어지간히 향락적인 생활을 하고 계시는 것 아니에요? 아프다는 것은 거짓말이죠?"

이렇게 묻는 사람도 있는데, 거짓말은 아니다. 다만 통증이 심할 때와 그렇지 않을 때가 있어서 통증이 일정하게 지속되는 상태는 아니고, 전혀 아프지 않을 때도 있다. 기후나 습도에 따라 많이 달라지는 것 같다. 신기한 일이지만 아플 때도 성욕은 느낀다. 아플 때 더 느낀다고 하는 것이 맞을지도 모른다. 어쩌면 혹독하게 대하는 이성에게 더 매력을 느끼고 끌린다고 해야 할 것이다.

이것도 일종의 피학적 성향이라고 하면 그렇다고 할 수 있을 터다. 젊었을 때부터 그런 성향이 있던 것은 아닌 듯한데, 늙으면서 점점 더 이렇게 되었다.

　여기에 같은 정도로 예쁘고, 같은 정도로 내 취향에 맞는 두 이성이 있다고 치자. A는 친절하고 정직하며 배려심이 있고, B는 불친절하고 거짓말로 사람을 속이는 데 능숙한 여자다. 그런 경우에 어느 쪽으로 끌리느냐 하면, 요즘의 나는 확실히 A보다는 B에 더 끌린다. 다만 아름다움에 있어 A보다 B가 조금이라도 떨어져서는 안 된다. 아름다움이라고 해도 내게는 취향이 있기 때문에 얼굴이나 몸의 여러 가지 부분이 그에 합치해야만 한다. 나는 코가 지나치게 길고 높은 얼굴은 싫다. 무엇보다도 발이 희고 화사할 필요가 있다. 그 외에 여러 가지 아름다운 요소가 서로 비슷할 경우, 성질이 나쁜 여자에게 더 강하게 끌린다. 간혹 얼굴에 잔혹성이 드러나는 여자가 있는데 무엇보다 그런 여자가 좋다. 그런 얼굴을 한 여자를 보면 얼굴만이 아니라 성질도 잔혹할 것 같고, 또한 그러기를 희망한다. 예전의 사와무라 겐노스케[33]가 무대에 올랐을 때의 얼굴에는 그런 느낌이 있었다. 프랑스 영화 「악마 같은 여자」[34]에서 여교사를 연기한 시몬 시뇨레[35]의 얼굴, 요즘 화제가 되고 있는 호노오 가요코[36]의 얼굴도 그렇다. 이 여자들은 실제로는 선량한 여자

33　사와무라 겐노스케 4세(澤村源之助, 1859~1936): 가부키 배우.

34　원제는 'Les diaboliques', 앙리조르주 클루조 감독의 스릴러 영화. 시몬 시뇨레 주연. 1955년 7월 26일 개봉. 우리나라에는 '디아볼릭'이라는 제목으로 알려져 있다.

35　시몬 시뇨레(Simone Signoret, 1921~1985): 프랑스의 연기파 배우.

36　호노오 가요코(炎加世子, 1941~): 반항적이고 거친 여인상으로 유명한 일본의 배우.

들일지도 모르지만, 만약 정말로 악인이라면 그녀와 동거까지는 할 수 없더라도 하다못해 가까이 살며 접근할 수만 있다면 얼마나 행복할까 하는 생각을 한다. ……

12일. …… 성질이 나쁜 여자라도 그 나쁜 성질을 노골적으로 드러내서는 안 된다. 나쁘면 나쁠수록 영리할 것이 필수조건이다. 나쁜 데도 한도가 있으며, 도벽, 살인벽 등은 곤란하지만 그것도 일괄적으로 말할 수는 없다. 나는 그런 여자들이 상대가 잠든 사이에 집을 뒤져 도둑질을 할 사람이라는 사실을 알면서도 오히려 그것 때문에 흥미가 동해 관계를 맺을 것 같다. 그런 유혹을 뿌리치기 힘들 듯싶다.

대학 시절 동창 중에 야마다 우루우라는 법학사가 있었다. 오사카 시청에 근무했는데 진작에 고인이 되었다. 그의 아버지는 오랫동안 변호사 일을 한 사람으로 메이지 시대 초기에 다카하시 오덴[37]의 변호를 맡았었다고 한다. 그리고 자신의 아들 우루우에게는 한동안 오덴의 아름다움에 대해 이야기했다고 한다. 요염하다고 해야 할까 색기가 있다고 해야 할까, 지금까지 그렇게 요염한 여자를 본 적이 없다면서, 요부라는 것은 정말이지 그런 여자를 두고 하는 말이라고. 그런 여자라면 죽어도 좋다고 생각했더라며, 우루우의 아버지는 아들을 붙잡고 대단히 감격한 듯이 이야기하곤 했다고 한다. 나는 더 이상 살아 봤자 별일도 없을 것이

---

37 다카하시 오덴(高橋お伝, 1848~1879): 메이지 시대 초기 대표적인 독부(毒婦). 돈 때문에 사람 한 명을 죽여서 체포되어 처형되었으나, 훗날 소설화되면서 점점 더 과장되어 친아버지와 남편 등 여러 명을 죽인 인물로 각인되었다.

니 만약 지금 세상에 오덴과 같은 여자가 나타난다면 오히려 그런 여자의 손에 걸려 죽는 것이 행복할지도 모른다. 이렇게 생사람을 잡는 듯한 수족의 통증을 견디며 사느니 차라리 눈 딱 감고 잔혹하게 살해당했으면 한다.

내가 사쓰코를 사랑하는 것은 그녀에게 어느 정도 그런 환영을 느끼는 탓이리라. 그녀는 좀 심술궂다. 약간 꼬여 있다. 그리고 거짓말도 좀 한다. 시어머니나 시누이들과 잘 지내지 못한다. 아이에 대한 애정이 희박하다. 갓 결혼했을 때는 그렇게까지 심하지는 않았지만, 요 3~4년 동안 눈에 띄게 그렇게 변했다. 어느 정도는 내가 일부러 그런 쪽으로 몰아간 감도 있다. 그녀는 원래 그렇게 성질이 나쁘지 않았다. 지금도 본심은 선량하겠지만, 어느새 위악을 부리며 그것을 자랑스럽게 여겼다. 그렇게 하는 것이 이 노인의 마음에 드는 일이라는 사실을 간파했기 때문이리라. 나는 왠지 친딸들보다 그녀가 더 사랑스럽고, 그녀가 내 딸들과 사이좋게 지내는 것이 싫다. 그녀가 내 딸들을 심술궂게 대하면 대할수록 그녀에게 끌린다. 나의 심리 상태가 이렇게 된 것은 최근의 일이지만 그것이 점점 더 극단적으로 되어 가고 있다. 병마를 견딘다는 것이, 정상적인 성의 쾌락을 향유할 수 없다는 것이, 인간의 본성을 이렇게까지 뒤틀리게 하는 것일까? 그러고 보니 일전에 집안에서 일이 좀 있었다.

게이스케는 이미 일곱 살이 되어 초등학교 1학년이 되는데도 동생이 생기지 않는다. 사쓰코가 부자연스러운 방법으로 낳지 않으려고 하는 것이 아닐까, 마음속으로는 그렇게 생각하고 있었지만 할멈 앞에서는 그런 일은 없을 것이라고 부정했다. 할멈은 참다 못해 조키치에게 몇 번이나 호소를 해 보았지만, 조키치는 그런 일 없다며 웃어넘기고 진지하게 대꾸하지 않았다.

"피임을 하는 게 틀림없어. 나는 딱 보면 안다."

"하하하하, 그럼 사쓰코에게 물어보세요."

"네가 지금 웃고 있을 때냐? 이건 심각한 일이야. 네가 사쓰코에게 그렇게 무르게 구는 게 문제야. 그러니 너를 완전히 우습게 보는 거지."

결국 조키치가 사쓰코를 불러 할멈에게 해명하게 하는 상황이 되었다. 드문드문 사쓰코의 새된 목소리가 새어 나왔다. 한 시간 정도 옥신각신하더니 끝내는 잠깐 좀 와 달라며 할멈이 나를 부르러 왔다. 하지만 나는 가지 않았기에 자세한 사정은 잘 모르겠다. 나중에 들은 이야기로는 할멈이 너무나 듣기 싫은 소리를 해서 사쓰코가 오히려 반격을 했다고 한다.

"저는 아이를 그렇게 좋아하지 않아요."

라든가,

"죽음의 재[38]가 내린다는데 애를 많이 낳아서 어쩌려고요?"

이렇게 대들었단다. 할멈도 그대로 듣고만 있지는 않았고, 너는 내가 없는 데서는 남편을 '조키치, 조키치' 하며 함부로 부르지 않느냐, 조키치도 너를 내 앞에서는 '너'라고

---

38   원자 폭탄 실험으로 생성되어 대기 중에 섞인 미세한 방사능 물질. 1954년 3월 비키니 환초에서 이루어진 미국의 수소 폭탄 실험으로 일본 어선 승무원이 죽거나 해산물에서 방사능 물질이 발견되는 등 사회적으로 큰 파장을 일으켰다.

격식에 맞게 낮춰 부르지만 다른 사람들 앞에서는 '자네'라고 높여 부르지 않느냐, 그것도 네가 남편한테 그렇게 부르라고 시킨 거겠지 하며 이야기가 엉뚱한 곳으로 튀어 버렸다. 이쯤 되고 보니 할멈도, 사쓰코도 악에 받쳐 조키치로서는 감당이 안 되었다.

"저희들이 그렇게 싫으시다면 차라리 분가해서 살죠. 그게 낫지 않아? 여보."

그렇게 나오자 할멈은 할 말을 잃었다. 내가 그것을 절대로 허락할 리가 없다는 것을 할멈도, 사쓰코도 알았기 때문이다.

"아버님은 어머님하고 사사키 씨한테 부탁하면 되잖아? 여보, 그렇게 하자."

할멈이 주춤하는 것을 보자 사쓰코는 점점 더 의기양양해졌다. 그렇게 해서 결말이 났다. 현장을 봤으면 재미있었을 텐데, 나는 나중에 유감스러워했다.

"이제 장마도 곧 걷히겠네요."

할멈이 들어오며 말했다. 일전에 옥신각신했던 일이 아직 머리에 남아 있어서 약간 풀이 죽어 있다.

"올해는 비교적 비가 덜 내리지 않았나?"

"벌써 오늘이 구사이치[39]에요. 그래서 생각이 났는데 묏자리 정하는 건 어떻게 할 생각이에요?"

"그렇게 서두를 필요는 없지. 전에도 이야기했듯이, 나

---

39   구사이치(草市): 음력 7월 12일 밤부터 이튿날 아침에 걸쳐 우란분(盂蘭盆, 음력 7월 보름에 여는 법회)에 부처님께 올릴 화초나 여러 물품을 파는 장.

는 내 묘를 도쿄에 쓰는 건 싫어. 나는 도쿄 토박이지만 요즘 도쿄는 마음에 안 들어. 도쿄에 묘를 썼다가는 언제 어느 때 무슨 사정으로 어딘가 다른 데로 이장당할지 몰라. 다만 묘지도 도쿄 느낌이 나지 않아. 그런 곳에 묻히고 싶지 않아."

"그거야 알지만, 교토에 묘를 쓴다고 해도 다음 달 다이몬지[40] 전까지는 정하겠다고 하셨잖수?"

"아직 한 달이나 남았으니까 괜찮아. 조키치한테도 가 달라고 해야지."

"직접 가 보지 않으셔도 되겠어요?"

"날씨도 이렇게 덥고 이런 몸으로는 갈 수 없을 것 같아. 추분까지로 연기할까?"

우리 부부는 2~3년 전에 계명(戒名)을 받았다. 내 계명은 탁명원유관일총거사(琢明院遊觀日聰居士)고, 할멈은 정환원묘광일순대자(靜皖院妙光日舜大姉)인데, 나는 일연종이 싫어서 정토종이나 천태종으로 바꿨으면 한다. 일연종이 싫은 주된 이유는 불단에 면 모자를 쓴 흙 인형 같은 일연상인(日蓮上人)상이 장식되어 있고, 그것에 절을 해야 하기 때문이다. 될 수 있으면 교토의 호넨인(法然院)이나 신뇨도(眞如堂)에 묻히고 싶다. 이때, 사쓰코가 들어오는 소리가 들렸다.

"다녀왔습니다."

오후 5시쯤이었다. 사쓰코는 할멈하고 딱 마주치자 아주 정중하게 인사를 했다. 할멈은 곧 사라졌다.

---

40   다이몬지(大文字): 교토에서 열리는 여름 축제로 오봉(お盆, 일본의 추석) 행
       사의 하나. 8월 16일 밤에 교토의 다이몬지 산(大文字山) 등지에서 큰 대 자
       모양으로 횃불을 올린다.

"오늘은 아침부터 보이지 않던데, 어디 다녀왔니?"

"여기저기 쇼핑하러 다닌 후에 하루히사 씨하고 호텔 그릴에서 식사를 하고, 에트랑제에서 맞춘 옷을 가봉하고, 그러고 나서 다시 하루히사 씨랑 유라쿠초에서 만나서 「흑인 오르페」[41]를 보고……"

"오른쪽 팔이 엄청 탔구나."

"이건 어제 즈시에 드라이브를 가서요."

"역시 하루히사와 함께 갔겠지?"

"응, 맞아. 하루히사 씨는 운전을 못해서 갈 때, 올 때 모두 내가 운전했어."

"한군데만 타면 흰 부분이 더 눈에 띄지."

"오른쪽에 핸들이 있어서 하루 종일 운전을 하고 돌아다니면 이렇게 되더라고요."

"조금 상기된 표정이군. 흥분한 것 같아."

"그런가? 흥분한 것은 아니지만, 브레노 멜로[42]는 좋았지."

"그게 뭐야?"

"「흑인 오르페」의 흑인 주인공. 그리스 신화의 오르페 전설을 바탕으로 리우데자네이로에서 열리는 카니발을 배경 삼아서 만든 영화야. 흑인을 주역으로 해서 배우는 모두 흑인만 출연해."

"그게 그렇게 좋아?"

---

41 「흑인 오르페(Orfeu Negro)」: 1959년 개봉한 마르셀 카뮈 감독의 프랑스, 브라질, 이탈리아 합작 영화.

42 브레노 멜로(Breno Mello, 1931~2008): 브라질의 영화배우. 「흑인 오르페」의 주인공.

"브레노 멜로라는 사람은 축구 선수 출신 아마추어 배우래. 영화에서는 전차 운전수로 나와. 운전하면서 가끔씩 길거리의 여자아이들을 보고 윙크를 하지. 그 윙크가 정말 죽여줘."

"나 같은 사람이 보면 재미가 없겠네."

"나를 위해 봐 주지 않으실래요?"

"네가 다시 한 번 데리고 가 줄 거야?"

"내가 같이 가면 봐 주실 건가?"

"응."

"아, 그럼 몇 번이라도. 왜냐하면요, 그 얼굴을 보고 있으면 옛날에 내가 좋아하던 네오 에스피노자가 생각나요."

"또 이상한 이름이 나오네."

"에스피노자라는 사람은 플라이급 세계 선수권 타이틀 매치에도 나온 적 있는 필리핀 복서야. 역시 흑인이고 브레노 멜로만큼 미남은 아니지만 어딘가 비슷한 느낌이 나. 특히 윙크할 때의 느낌이 비슷해. 에스피노자는 아직 살아 있지만 이제 옛날처럼 멋지지는 않아. 옛날에는 정말로 멋졌지. 나 그 사람이 생각났어."

"복싱은 딱 한 번밖에 안 봤네."

이때 할멈과 간호사가 미끄럼틀에 올라갈 시간이 됐음을 알리러 왔고, 사쓰코는 여봐란듯이 더 과장해서 이야기하기 시작했다.

"에스피노자는 세부섬의 흑인이고 왼쪽 스트레이트가 특기야. 왼팔을 쭉 뻗어서 적을 치고 나서는 바로 그 팔을 거두어들이지. 아, 쭉 뻗었다 쌩하고 거둬들이는데 얼마나

빠른지! 쉭쉭! 정말이지 아름다워. 쉭쉭 하는 소리를 내는 버릇이 있어서 말이지. 상대의 스트레이트가 들어오면 보통은 상체를 왼쪽이나 오른쪽으로 움직여서 피하는데, 에스피노자는 상체를 뒤로 확 젖힌다니까요. 몸이 묘하게 유연해 보여.”

“아, 그래. 네가 하루히사를 좋아하는 건 피부가 검은 것이 흑인하고 닮았기 때문이구나.”

“하루히사 씨는 가슴에 털이 잔뜩 나 있지만, 흑인은 털이 적어. 그래서 전신에 땀이 나면 피부가 반들반들 빛이 나서 엄청 매력적이 된다고요. 나, 아버님을 복싱 경기에 꼭 한 번 데리고 갈 거야.”

“복서 중에는 아마 미남이 적지?”

“코가 뭉개진 사람이 많아.”

“레슬링하고 비교하면 어느 쪽이 나을까?”

“레슬링은 다분히 쇼 성격이 강해서 온통 피투성이지만 진지한 면이 덜해.”

“복싱도 피는 나잖아?”

“뭐, 그야 나긴 하지. 입을 맞아서 피투성이가 되고 마우스 피스가 세 동강이 나서 날아가기도 해. 하지만 레슬링처럼 인위적이진 않으니까 그렇게 많이 나지는 않아. 대개는 헤딩이라고 해서 머리를 상대 얼굴에 부딪혀서 나오는 경우가 많아요. 그리고 눈꺼풀이 찢어지는 경우.”

“작은 사모님께서는 그런 걸 보러 다니세요?”

사사키가 말참견을 했다. 할멈은 아까부터 어이가 없다는 듯 아무 말도 못하고 서 있다. 지금 당장이라도 자리를 피할 기세다.

"저만 가는 게 아니에요. 여자들이 많이 보러 와요."

"저 같으면 기절할 거예요."

"피를 보면 좀 흥분이 되지. 근데 그게 유쾌하다니까."

나는 그 이야기를 듣는 도중에 왼쪽 팔에 심한 통증을 느끼기 시작했다. 게다가 통증에 더해 견딜 수 없는 쾌감을 느끼기 시작했다. 심술궂은 사쓰코의 얼굴을 보면 통증이 점점 더 심해지고 쾌감도 점점 더해 갔다.

2

17일. 어젯밤, 백중맞이 마지막 행사로 저승에 돌아가는 선조의 혼백을 보내기 위해 불 피우는 행사가 끝나고 얼마 안 있어 사쓰코는 외출했다. 밤늦은 시각, 급행 전철을 타고 교토에 가서 기온제(祇園祭)를 구경할 거라고 한다. 이렇게 더운데 수고스럽지만, 하루히사가 제례를 촬영한다고 어제부터 가 있다고 한다. 텔레비전 일행은 교토 호텔, 사쓰코는 난젠지(南禪寺)에서 숙박을 하고, 20일 수요일에 돌아온다고 한다. 이쓰코하고는 도저히 맞지 않아서 어차피 잠깐 잠만 잘 것이다. ……

"가루이자와에는 언제 가세요? 애들이 오면 시끄러우니까 빨리 가는 게 좋을 거예요."

할멈이 말했다.

"25일부터 삼복에 들어간다죠?"

"어떻게 할까? 올해는. 작년처럼 오래 있으면 따분해서. 실은 25일에 사쓰코와 약속이 있어. 고라쿠엔 체육관에서 전 일본 플라이급 타이틀 매치가 있거든.'"

"늙은이가 무슨. 그런 곳에 갔다가 다치기라도 하면 어쩌려고."

23일. …… 일기를 쓴다는 것은 쓰는 것 자체에 흥미가 있어서 쓰는 것이다. 누군가에게 읽히기 위해서 쓰는 것은 아니다. 시력이 무섭게 나빠져서 독서도 생각처럼 되지 않고 달리 시간을 보낼 방법도 없으니 시간 때우기 삼아 쓸 생각이다. 읽기 쉽게 붓으로 크게 쓴다. 다른 사람이 읽으면 안 되니까 탁상용 금고에 넣어 두었다. 금고가 벌써 다섯 개나 찼다. 조만간 태워 버리는 것이 좋겠다고 생각하지만, 남겨 두는 것도 나쁘지는 않다. 때때로 예전의 일기를 꺼내서 보면 이렇게 기억력이 나빠졌나 하고 놀란다. 1년 전의 일이 마치 새로운 일처럼 느껴져서 흥미진진하다.

작년 여름 가루이자와에 가 있느라 집을 비운 동안 침실과 욕실, 변소를 새로 단장한 일이 있었다. 아무리 기억력이 나빠도 그 일은 기억이 잘 난다. 그런데 작년 일기장을 넘겨 보니 그 사건에 대한 기재가 상세하지 못하다. 그 일을 좀 자세히 적어 둘 필요가 있을 것 같아 오늘 여기에 다시 한 번 적는다.

우리 부부는 작년 여름까지는 같은 다다미방에서 베개를 나란히 하고 잤지만, 작년에 다다미방을 마룻바닥으로 바꾸고 침대를 두 개 놓았다. 하나는 내 침대로 쓰고 다른 하나는 사사키 간호사가 자기로 했다. 할멈은 예전부터 가끔씩 혼자 거실에서 잤는데 침대로 바꾸고 난 후부터는 완전히 따로따로 자게 되었다. 나는 일찍 자고 일찍 일어나는 타입이고 할멈은 올빼미형 늦잠꾸러기다. 나는 양식 변기를 좋아하는데 할멈은 일본식을 고집한다. 그 외에 의사나 간호사의 편의도 여러 가지로 고려한 결과다. 그래서 침실 오른쪽에 접해 있던 노부부 전용 변소를 내 전용으로 하여 의자식으로 개량하고 침실과 변소를 경계 짓는 벽을 도려내어 복도로 나가지 않고 바로 갈 수 있도록 터놓았다. 침실 왼쪽은 욕실이다. 이것도 작년에 공사를 크게 해서 욕조와 타일을 모두 갈고 샤워 설비를 했다. 그것은 오로지 사쓰코의 주문에 따른 것이다. 그리고 욕실과 침실 사이도 서로 텄는데 필요에 따라 욕실 내부에서 문을 닫을 수 있게 했다.

　　말이 나온 김에 더 쓰자면 변소 오른쪽이 내 서재(이 공간도 서로 텄다.)고, 그 오른쪽이 간호사 방이다. 간호사가 내 옆 침대에서 자는 것은 야간뿐으로, 낮에는 보통 자기 방에 있다. 할멈은 밤이나 낮이나 복도 코너에 있는 다실에 틀어박혀서 거의 하루 종일 텔레비전을 보거나 라디오를 듣고 있다. 볼일이 없으면 좀처럼 나오지 않는다. 조키치 부부와 게이스케의 침실, 거실은 2층에 있다. 자고 가는 손님을 위해 침대가 딸린 방이 하나 따로 있다. 젊은 부부의 거실은 상당히 호화롭게 꾸며져 있는 것 같지만 계단 중간이 나선형으로 되어 있어 걷는 것이 불안정한 나는 어쩌다 한번 올라갈 뿐이다.

　　욕실을 개조할 때 실랑이가 좀 있었다. 할멈은 욕조는 목조여야지 타일은 물이 쉽게 식어 겨울에는 차가워서 안 된다고 주장했지만, 이것도 사쓰코의 제안에 따라 (할멈에게는 사쓰코의 의견이라는 점을 비밀로 하고) 타일로 했다. 하지만 이것은 실패였다. 아니, 결국 성공했다고 해야 할까? 무슨 말인가 하면, 타일로 하고 보니 젖으면 미끌거려 넘어지기 십상이라 노인에게는 위험하기 짝이 없었다. 할멈도 한번 욕조 옆에서 꽈당 하고 넘어졌다. 나도 마찬가지다. 욕조에서 발을 쭉 뻗고 있다가 일어나려고 가장자리를 짚었는데 미끄러져서 일어날 수가 없었다. 나는 왼손이 말을 안 들어서 이럴 때는 참으로 불편하다. 욕조 옆에는 나무판을 깔기로 했지만, 욕조는 어떻게 할 수가 없다.

그런데 어젯밤에 이런 일이 있었다.

사사키 간호사는 아이가 있기 때문에 한 달에 한두 번 아이 얼굴을 보러 자식을 맡겨 둔 친척 집에 가서 자고 온다. 저녁에 나가서 1박을 하고 다음 날 오전 중에 돌아온다. 사사키가 없는 날 밤에는 할멈이 사사키 대신 옆에서 자기로 되어 있다. 나는 10시에 자는 습관이 있어서 자기 직전에 목욕을 하고 바로 침실로 들어간다. 할멈이 넘어지고 나서는 나를 도와줄 사람이 없어서 목욕할 때는 사쓰코나 식모가 도와주는데, 사사키처럼 능숙하고 친절하게 도와주지는 못한다. 사쓰코는 준비는 바지런히 하지만, 약간 떨어져서 보고 있기만 할 뿐 무엇 하나 제대로 해 주지 않는다. 스펀지로 등을 한 번 쓱 밀어 주는 게 고작이다. 물에서 나오면 뒤에서 타월로 닦아 주고 베이비 파우더를 뿌리고 선풍기를 켜 주기는 하지만, 절대로 앞으로 돌아오지는 않는다. 그것이 조심하느라 그러는 것인지 기분이 나빠서 그러는 것인지는 알 수 없다. 그리고 마지막으로 목욕 가운을 입혀 나를 침실에 들이밀고 나서 자기는 복도로 나가 버린다. 그다음은 어머니가 하실 일이지 자기가 관여할 일이 아니라고 말하기라도 하는 것 같다. 나는 마음속으로는 침실에서도 그녀가 도와주었으면 하고 바라 마지않지만 할멈이 기다리고 있어서 그런지 사쓰코는 일부러 더 쌀쌀맞아진다.

할멈도 다른 사람의 침대에서 자는 것을 좋아하지 않는다. 시트 커버를 싹 바꾸고 기분 나쁘다는 듯이 눕는다. 할멈도 나이가 있어서 소변을 자주 보는데 양식 변소에서는 나올 것도 나오지 않는다며 한밤중에 두세 번 멀리 있는 일본식 변소로 다닌다. 그 덕분에 밤새도록 잠을 만족스럽게 자지 못한다고 불평한다. 조만간 사사키가 없을 때는 사쓰코가 그 일을 하게 되리라고 몰래 기대하는 바다.

오늘은 우연히 그렇게 되었다. 오후 6시, 오늘 밤에는 외출을 하겠다며 사사키가 아이들에게 갔다. 그리고 할멈은 저녁 식사를 마친 후, 갑자기 속이 좋지 않다며 거실에 누워 버렸다. 자연히 목욕과 침실 수발이 사쓰코에게 돌아갔다. 목욕을 도와줄 때 그녀는 꽃과 에펠탑 무늬가 있는 폴로셔츠를 입고 무릎까지 오는 토레아도르팬츠를 입었는데 늘씬하고 세련되어 보였다. 할멈을 신경 쓰지 않아서 그런지 평소보다 더 정성스럽게 닦아 주는 느낌이었다. 목 주변과 어깨, 팔 등 구석구석 부지런히 손을 놀리고 나를 침대까지 데려다주었다.

"금방 돌아올 테니까, 잠깐 기다려. 나도 샤워를 할 테니까요."

이렇게 말한 뒤에 혼자 욕실로 돌아갔고, 나는 30분 정도 혼자서 기다렸다. 묘하게 진정이 되지 않아서 침대에 걸

터앉아 있었다. 마침내 그녀가 욕실과 침실 사이로 난 문으로 나타났는데, 이번에는 쪼글쪼글한 연분홍색 면 가운을 입고 중국풍 모란 자수가 들어간 공단 실내화를 신고 왔다.

"많이 기다리셨죠."

그녀가 들어오자 복도의 문이 열리고 식모 오시즈가 2단으로 접힌 등나무 의자를 메고 들어왔다.

"아버님 아직 안 주무셨어요?"

"지금 자려는 참이야. 근데 자네는 그런 것을 가지고 오게 해서 어쩌려는 거야?"

나는 할멈이 없는 곳에서 사쓰코를 '너'라고 편하게 부르거나 친근하게 '자네'라고 부른다. 둘이 있을 때는 자연스레 '자네'라고 나온다. 사쓰코도 나와 둘만 있으면 이상하게 말이 짧아진다. 그것이 오히려 나를 기쁘게 한다는 사실을 간파한 것이다.

"아버님은 일찍 주무시지만, 나는 바로 잠이 오지 않으니까 여기 앉아서 책이라도 읽을게."

그녀는 등나무 의자를 펴서 벤치처럼 만들고 그 위에 누워 들고 온 책을 펼쳤다. 뭔가 프랑스어 교과서 같다. 내게 빛이 비치지 않도록 스탠드에 덮개를 했다. 그녀도 사사키의 침대를 싫어해서 긴 의자에서 잘 생각인 것 같다.

그녀가 누웠기 때문에 나도 누웠다. 내 침실에는 손에 통증을 일으키지 않을 정도로 아주 약하게 냉방을 틀어 놓는다. 요 며칠간은 너무 덥고 습기가 많아서 공기를 건조하게 하기 위해서라도 냉방을 하는 것이 좋다고 의사와 간호사가 말했다. 나는 잠든 척하면서 사쓰코의 가운 끝으로 삐져나온 중국식 신발 끝의 뾰족한 부분을 보았다. 이렇게 섬세하게 뻗은 발은 일본인에게는 드물다.

"아버님 아직 안 주무셔? 코 고는 소리가 안 들리네. 주무시면 금방 코 고는 소리가 들린다고 사사키 씨가 그러던데."

"오늘은 어찌 된 일인지 잠이 잘 안 오네."

"내가 옆에 있어서 그런 것 아냐?"

잠자코 있자 키득키득 웃었다.

"흥분하시면 독이 돼."

그리고 또 말했다.

"흥분하면 안 되니까 아달린을 먹여 드릴까?"

사쓰코가 내게 이런 종류의 교태를 부리는 것은 처음이다. 나는 그 말 때문에 바로 흥분해 버렸다.

"설마 그러기야 하겠니?"

"괜찮아, 먹여 드릴게."

그녀가 약을 가지러 간 사이에 나는 다시 한 번 쾌감을 느꼈다.

"자, 먹여 줄게. 두 알 정도로 괜찮을까 모르겠네."

왼손에 작은 접시를 들고 오른손으로 용기에 든 아달린 두 알을 접시 위에 떨어뜨리고는 욕실에서 컵에 물을 받아 왔다.

"자, 아 하고 입을 벌려. 내가 먹여 드릴 테니까. 좋지 않아?"

"접시 위에 올려놓지 말고 자네 손으로 집어 넣어 주지 않겠나?"

"그럼 잠깐만, 손 씻고 올게."

다시 욕실로 들어갔다가 나왔다.

"손에서 물이 떨어지네. 이왕이면 입으로 먹여 주지 않겠어?"

"안 돼, 안 돼. 오버 하면 안 돼."

사쓰코는 내 입안으로 약 두 알을 얼른 쏙 집어넣고 잽싸게 물을 들이부었다. 나는 약이 들은 것처럼 자는 척할 생각이었는데, 그만 정말로 잠들어 버렸다.

24일. 밤 2시 무렵에 변소에 갔다. 사쓰코는 여전히 등나무 의자에서 자고 있었다. 프랑스어 책을 바닥에 떨어뜨리고 스탠드 불은 꺼졌다. 나도 아달린 약효 탓에 두 번 변소에 간 것만을 겨우 기억한다. 아침에는 평소처럼 6시에 잠이 깼다.

"벌써 일어났어?"

늦잠꾸러기인 그녀는 당연히 아직 자고 있으리라고 생각했는데, 내가 몸을 움직이자 상반신을 벌떡 일으켰다.

"뭐야, 벌써 일어나 있었어?"

"나야말로 어젯밤에 못 잤어."

내가 창문의 블라인드를 올리자 그녀는 자고 난 얼굴을 보이고 싶지 않은 듯, 허둥지둥 욕실로 달아났다. ……

오후 2시 무렵, 내가 서재에서 침실로 돌아와 한 시간 정도 낮잠을 자고 깨어 아직 멍하니 누워 있을 때, 갑자기 욕실 문이 반쯤 열리며 사쓰코가 이쪽으로 목을 내밀었다. 목만 내밀고 다른 부분은 보이지 않는다. 비닐 모자를 쓴 얼굴이 머리에서부터 흠뻑 젖어 있다. 쏴아 쏴아 샤워기 소리가 들린다.

"오늘 아침엔 실례. 지금 샤워 중이야. 마침 낮잠을 잘 시간이라고 생각해서 들여다보았어."

"오늘은 일요일이었지, 조키치는 없냐?"

거기에는 대답도 않고 다른 말을 했다.

"나, 이 문을 잠근 적이 한 번도 없어. 샤워할 때도 항상 여기는 열어 놔요."

내 목욕 시간은 오후 9시 이후로 정해져 있다는 의미인지, 나를 신용한다는 것인지, 보고 싶으면 보여 드릴 테니 들어오라는 것인지, 늙은이의 존재 따위 문제시하지 않는다는 것인지, 무엇 때문에 굳이 그런 말을 하는 것인지 알 수가 없었다.

"조키치, 오늘은 있어. 오늘 밤 정원에서 바비큐를 한다고 난리라니까."

"누가 오나?"

"하루히사 씨하고 아마리 씨하고, 쓰지도에서도 누군가 오는 것 같아."

구가코는 그 일이 있었으니 당분간 올 리가 없다. 온다면 아이들뿐이리라.

....

....

....

....

53

25일. 어젯밤에는 큰 실수를 했다. 정원에서 바비큐가 시작된 것은 저녁 6시 30분 무렵이었는데, 떠들썩하고 분위기가 좋은 것 같아서 나도 그만 젊은 사람들과 어울릴 생각이 들었다. 요즘 날씨에 잔디 위에 앉았다가 냉기가 들면 안 되니까 그러지 말라고 할멈은 자꾸 말렸지만, 사쓰코가 권했다.

　　"아버님, 잠깐 이리 오세요."

　　나는 그들이 탐하는 양고기나 닭 날개에는 전혀 식욕이 느껴지지 않아서 그런 것을 먹을 생각은 없었다. 실은 그것보다는 하루히사와 사쓰코가 어떤 식으로 접촉하는지, 그 상황을 보고 싶었는데 함께 둘러앉은 지 30~40분 되었을 무렵 서서히 다리에서 허리 주변까지 하체가 시려 옴을 깨달았다. 할멈에게 주의를 받았기 때문에 오히려 신경질적으로 마음을 썼던 탓도 있다. 할멈에게 들었는지 결국 사사키 씨까지 걱정스러운 듯이 정원으로 나와 경고를 했다. 그렇게 되자 나는 늘 그렇듯이 오기를 부리며 바로 일어서려 하지 않았다. 그러나 하반신이 점점 더 시려 왔다. 할멈은 이런 상황에 어떻게 대처해야 하는지 잘 알고 있어서 절대로 집요하게 주의를 주지 않는다. 사사키가 몹시 걱정을 해서 30~40분 정도 들러붙어 있다가 마침내 일어나서 방으로 돌아왔다.

　　하지만 그것만으로 일이 끝나지는 않았다. 새벽 2시 무렵, 나는 요도가 몹시 가려워서 잠이 깼다. 서둘러 변소로 달려가 배뇨를 해 보니, 오줌이 우유처럼 탁했다. 침대로 돌아와 15분 정도 지나자 또 요의가 느껴졌다. 가려움증도 가시지 않는다. 그러기를 네다섯 번 반복했는데, 사사키가 세균성 질환에 먹는 시노민을 네 알 먹이고 요도를 온습포로 따뜻하게 해 줘서 겨우 진정되었다.

수년 전에 내게는 전립선(청년 시절 화류병을 앓았을 무렵에는 섭호선(攝護腺)이라 불렀다.) 비대증이 있어서 가끔씩 잔뇨감이 있거나 오줌이 나오지 않아 배뇨관으로 배뇨를 유도한 적이 두세 번 있다. 오줌소태는 노인에게 종종 발병한다고 하지만 나는 평소에도 한번 배뇨하는 데 시간이 걸려, 극장 변소 같은 데서 줄을 서서 기다리면 몹시 힘들었다. 전립선 비대증 수술은 75~76세까지는 가능하니 큰맘 먹고 수술을 받으라고, 수술받은 후의 쾌감은 뭐라 할 수 없을 만큼 크고, 젊었을 때처럼 오줌이 쏴쏴 하고 시원하게 나온다고, 다시 청춘으로 돌아간 느낌이 난다면서 권해 주는 사람도 있었지만, 힘들고 불쾌한 수술이니 그만두라는 사람도 있었다. 어떻게 할까 하고 망설이는 동안 나이를 먹어 버려 이제 수술을 하기엔 너무 늦어 버린 것 같다. 사사키는 "다행히도 호전되었는데 어젯밤의 실수로 다시 악화된 것 같으니, 당분간 조심하는 것이 좋겠어요, 시노민은 너무 오래 반복해서 먹으면 부작용이 있으니까 1회 네 알씩 하루에 세 번, 사흘 이상은 계속 먹지 말아 주세요. 매일 아침 소변 검사를 거르지 말고, 잡균이 있으면 이뇨제 우바우루시를 드세요."라고 한다.

덕분에 오늘 예정되어 있던 고라쿠엔의 타이틀 매치는 포기하기로 했다. 요도 고장은 오늘 아침에 일단 좋아졌기 때문에 가려면 갈 수도 있지만, 밤에 외출하시는 것은 말도 안 된다며 사사키가 허락하지 않는다.

"아버님, 안되셨네. 저는 다녀오겠습니다. 나중에 이야기해 드릴게."

그렇게 말하고 사쓰코는 휙 나가 버렸다.

어쩔 수 없이 안정을 취하고 스즈키 씨에게 침을 맞았다. 2시 30분에서 4시 반까지는 꽤 길어서 고통스러웠지만, 중간에 20분 정도 휴식 시간이 있었다.

학교가 방학을 해서 게이스케는 쓰지도의 아이들과 함께 조만간 가루이자와에 갈 예정이다. 할멈과 구가코가 동행한다. 다음 달에 갈 테니 게이스케를 잘 부탁한다고 사쓰코가 말했다. 조키치도 다음 달이 되면 열흘 정도 휴가를 받아서 갈 것이다. 쓰지도의 양식당 센로쿠에도 아마 그때쯤에는 갈 수 있을 터다. 하루히사는 텔레비전 일이 매우 바쁘다면서 미술 디자이너는 낮엔 비교적 시간 여유가 있지만 밤에는 묶여 있다고 거절한다. ……

26일. 최근의 내 일과는 아래와 같다. 오전 6시 전후 기상. 우선 변소에 간다. 배뇨를 하면 처음 몇 방울을 소독한 시험관에 담는다. 다음에 붕사(硼砂)액으로 눈을 씻는다. 다음에는 중조(重曹)액으로 입안과 목구멍을 꼼꼼하게 헹군다. 다음으로 엽록소가 들어간 콜게이트 치약으로 치근을 닦는다. 틀니를 끼운다. 약 30분 정도 정원을 산책한다. 미끄럼틀에 누워 목 당기기를 한다. 이것도 30분 연장했다. 그다음은 아침 식사. 아침 식사만은 침실에서 한다. 우유 한 컵, 치즈와 토스트 한 조각, 야채 주스 한 잔, 과일 한 개, 홍차 한 잔. 동시에 비타민 B1을 주재료로 한 진통제 아리나민 한 알. 다음에 서재에서 신문을 보고, 일기를 쓰고, 시간이 남으면 독서를 하는데 오전은 일기 쓰기에 소비하는 경우가 많으며 간혹 오후나 밤까지 이어진다. 오전 10시에 사사키가 서재로 와서 혈압을 잰다. 3일에 한 번 정도 비타민 50밀리리터를 주사. 정오에는 식당에서 오찬을 하는데 대개 소면 한 그릇과 과일 하나 정도다. 오후 1시부터 2시까지 침실에서 낮잠. 월, 수, 금, 일주일에 3회, 2시 30분에서 4시 30분까지 스즈키 씨의 침 치료. 오후 5시부터 30분간 또 목 당기기를 한다. 6시부터 정원 산책. 아침저녁 산책은 사사키를 동반하는데 때로는 사쓰코랑 하는 경우도 있다. 6시 30분 만찬. 밥은 가볍게 한 그릇, 반찬은 다채로울수록 좋다고 해서 매일매일 다양하게 바꾸어서 가짓수가 많다. 노인과 젊은이의 취향이 달라서 요리 종류는 가족마다 다르다. 시간도 제각각인 경우가 많다. 식후에는 서재에서 라디오를 듣는다. 눈에 해로우니 밤에는 독서하지 않고 텔레비전도 거의 보지 않는다.

그저께 일요일, 24일. 점심때가 지나서 사쓰코가 흘린 말을 나는 잊을 수가 없다. 그날 오후 2시 무렵, 내가 침실에서 낮잠을 자고 일어나 아직 침대에 누워 있을 때, 갑자기 욕실 문에서 사쓰코가 이쪽으로 고개를 내밀며 말했다.

"나, 샤워를 할 때도 이 문 잠근 적 없어. 이쪽은 늘 개폐 자유."

고의인지 우연인지, 그날 그녀의 입술에서 나온 그 한마디는 묘하게 내 관심을 자아냈다. 그날은 바비큐, 어제는 병으로 정양 중이었지만, 그사이에도 내 머릿속에서는 끊임없이 그 말이 맴돌았다. 오늘 오후 2시에 낮잠을 자고 일어나 일단 서재로 들어간 나는 3시가 되자 다시 침실로 돌아왔다. 요즘 사쓰코는 집에 있으면 대개 이 시각에 샤워한다는 것을 알고 있었다. 나는 시험 삼아 욕실 문을 살짝 밀어 보았다. 역시 문은 잠겨 있지 않았다. 샤워 소리가 들린다.

"뭐, 볼일 있어?"

문은 정말이지 열린 것인지 아닌지 모를 정도로 살짝 손을 댄 정도였지만, 그녀는 빨리도 알아차린 것 같다. 나는 낭패스러웠다. 그러나 다음 순간 배짱이 생겼다.

"늘 문을 잠그지 않는다고 해서 정말 그런가 하고 확인해 봤다."

말을 하면서 나도 욕실 쪽으로 목만 내밀었다. 샤워를 하는 그녀의 전신은 흰 바탕에 거친 녹색 줄무늬가 그려진 욕실 커튼에 가려져 있다.

"거짓말 아니라는 것 알았지?"

"응, 그렇구나."

"뭐 하고 있어, 거기서. 어서 들어와."

"들어가도 되냐?"

"들어오고 싶잖아요?"

"딱히 볼일도 없는데."

"아유, 거봐. 흥분하면 미끄러져서 넘어진다니까. 진정해, 진정."

지금은 욕조 옆에 나무판이 들어 올려져 있어서 타일을 깐 바닥이 샤워 물로 흠뻑 젖어 있다. 나는 발밑을 조심하며 들어가서는 뒤로 문을 잠궜다. 열린 욕실 커튼 사이로 그녀는 가끔씩 어깨나 무릎, 발끝을 살짝 내비쳤다.

"그럼 볼일을 보게 해 줄게."

샤워 소리가 멈췄다. 그녀는 내게 등을 향하고 상반신

의 일부를 커튼 밖으로 노출시켰다.

"거기 있는 타월로 등을 밀어 줘. 머리에서 물이 뚝뚝 떨어지네."

비닐 모자를 벗을 때 나에게도 두세 방울 물방울이 튀었다.

"그렇게 건성으로 하지 말고 손에 더 힘을 줘서 세게 밀어. 아, 아버님 왼손은 못 쓰지. 오른손으로 열심히 세게 밀어 줘."

순간적으로 나는 타월 위로 양어깨를 잡았다. 그리고 살이 통통한 오른쪽 어깨에 입술을 대고 혀로 빨았다. 그렇게 생각한 순간 왼뺨에 '찰싹' 하고 따귀를 맞았다.

"늙은이 주제에 건방지네."

"이 정도는 허락해 줄 거라고 생각했어."

"절대로 허락 못 해. 조키치한테 이를 거니까 알아서 해."

"미안, 잘못했어."

"나가 줘."

그렇게 말하고 나서 물을 뿌리며 말했다.

"허둥대지 마, 허둥대지 마. 미끄러지면 안 되니까 천천히 가."

내가 겨우 입구에 도착했을 때, 부드러운 손가락 끝이 등을 가볍게 미는 것을 느꼈다. 나는 침대에 걸터앉아 한숨을 쉬었다. 바로 그녀가 나타났다. 예의 그 쪼글쪼글한 가운으로 갈아입고 서 있다. 모란 자수가 놓인 신발이 가운 아래로 삐져나와 있다.

"미안해, 아까는."

"아냐, 아무렇지도 않아."

"아팠어?"

"아프지는 않았는데 좀 깜짝 놀랐단 말이야."

"나, 남자들 뺨을 손등으로 찰싹 때리는 버릇이 있어. 나도 모르게 그만 손이 나가서."

"그럴 거라고 생각했어. 여러 남자에게 그 손을 사용했겠지?"

"응. 하지만 아버님 같은 늙은이를 때리다니 아까워."
…………………………………………………………………
……………………………………………………

28일. ……………………………………………………
…………………………………………………………

……………………………………………………………
…………………………………………………

어제는 침을 맞는 시간 때문에 실패. 오늘 오후 3시에 다시 욕실 문에 귀를 갖다 댔다. 문은 잠기지 않았다. 샤워 소리가 난다.

"어서 오셔, 기다리고 있었어. 그저께는 실례했어요."

"그래, 와야겠다고 생각했어."

"나이를 먹으면 강해지지."

"그저께 차였으니 뭔가 좀 변상을 해 줬으면 좋겠어."

"농담하지 마. 이제 그런 짓은 절대로 하지 않겠다고 맹세해."

"목에 입을 맞추는 정도는 허락해 줘도 될 텐데."

"목은 약해."

"어디라면 괜찮을까?"

"어디든 안 돼. 달팽이가 핥는 것 같아서 하루 종일 기분이 나빴단 말이야."

"상대가 하루히사라면 어떨까?"

침을 꼴깍 삼키며 말했다.

"때려 줄 거야, 정말로. 일전에는 좀 봐준 거야."

"그렇게 봐줄 것까지는 없지."

"내 손 정말 매워. 정말로 때리면 눈알이 튀어나올 정도로 아프거든."

"그건 오히려 바라는 바야."

"다루기 힘든 불량 노인, 끔찍한 늙은이."

"한 번 더 묻겠는데, 목이 안 되면 어디가 괜찮은 거야?"

"무릎 아래라면 딱 한 번만 허락할게. 딱 한 번만이야. 혀는 닿지 말고 입술만 닿아야 해."

무릎부터 위는 얼굴까지 완전히 가리고, 욕실 커튼 틈으로 정강이와 발끝만 나왔다.

"의사가 내진하는 것 같네."

"바보."

"혀를 사용하지 말고 입만 맞추라니 꽤 어려운 주문이군."

"입맞춤이 아니라니까. 그냥 입술만 살짝 대라는 거야. 늙은이한테는 딱 거기까지가 적당해."

"하다못해 이렇게 하고 있는 동안만이라도 샤워 좀 멈춰 주지 않겠어?"

"멈출 수는 없지. 입술이 닿은 자리를 바로 깨끗이 씻어 버리지 않으면 기분이 나빠."

나는 그냥 억지로 물만 먹은 느낌이었다.

"그러고 보니 하루히사 씨 일이 생각나네. 부탁이 있어."

"뭐야?"

"하루히사 씨가 요즘 더워서 못 견디겠다고 가끔씩 이곳으로 샤워하러 오고 싶다며 와도 되느냐고 큰아버지한테 물어봐 달라고 했어."

"방송국에 목욕탕이 없대?"

"있기야 있지만, 출연자 목욕탕하고 출연자 이외의 사람들 목욕탕이 따로 있고, 또 엄청 더러워서 목욕할 기분이 나지 않는대. 하는 수 없이 긴자에 가서 도쿄 온천에 가기는 하지만, 여기서 목욕을 할 수 있으면 방송국에서 가깝기도 하니 크게 도움이 되지. 큰아버지한테 물어봐 달라고 하더라고."

"그런 거야 자네가 알아서 할 요량이지. 일일이 나한테 물어볼 것 없어."

"실은 일전에 몰래 한 번 했어. 하지만 역시 허락을 받지 않으면 미안하다고 하더라고."

"나는 괜찮아. 허락을 받으려면 할멈한테 받으렴."

"아버님이 말씀해 주셔. 나, 어머니는 무서워."

……………………………………………………………………

....

    ....

....

29일. …… 오후 2시 30분에 침 치료가 시작되었다. 나는 침대에 눕고 맹인 스즈키 씨는 그 옆의 의자에 앉아 치료를 한다. 가방에서 침 상자를 꺼내거나 알코올로 소독을 하는 자질구레한 일은 스즈키 씨가 직접 하지만, 항상 제자가 한 명 따라와 뒤에서 대기하고 있다. 오늘까지 치료한 바로는 손이 시린 것도, 손가락 끝의 감각 마비도 도통 호전이 되지 않는다.

20~30분 지났을 무렵 갑자기 하루히사가 복도 문을 통해 들어왔다.

"큰아버지, 잠깐 신세 좀 질게요. 한창 치료 중에 실례인 것 같지만, 일전에 사쓰짱[43]을 통해 부탁을 했더니 허락해 주셨다고 해서요. 정말 감사합니다. 당장 오늘부터 신세를 지러 와서, 고맙다는 말씀을 드리려고요."

"뭘 그런 걸 일일이 말할 필요가 있겠냐. 언제든 와도 돼."

"감사합니다. 그렇게 말씀하시니 앞으로 종종 오겠습니다. 매일은 오지 못하겠지만요. 제가 뵙기에는 요즘 큰아버님, 아주 건강해 보이세요."

"그럴 리가. 점점 늙은이가 되어 가서 말이야. 사쓰코한테 매일 야단만 맞는다니까."

43　'짱'은 친근한 사이에 이름 뒤에 붙여 부르는 호칭.

"아니, 늘 정정하시다고 사쓰짱이 감탄했는데요."

"당찮아. 오늘도 이렇게 침을 맞고 겨우 연명하고 있지 않나?"

"그럴 리가요. 큰아버님은 아직 한참 더 사실 거예요. 아이고, 이것 참. 폐를 많이 끼쳤습니다. 이제 큰어머님께 인사를 하고 이만 물러가겠습니다."

"더운데 힘들겠군. 천천히 쉬고 가려무나."

"감사합니다. 그렇게 쉬기가 영 어려워서요."

하루히사가 나가고 나서 얼마 안 있어 오시즈가 두 사람분의 차와 과자를 쟁반에 담아 내왔다. 휴식 시간이다. 오늘은 커스터드 푸딩과 차가운 홍차를 가지고 왔다. 휴식이 끝나자 다시 치료가 이어져서 4시 30분에 끝났다. 치료를 받는 동안 나는 다른 생각을 하고 있었다.

하루히사가 샤워를 하러 오게 허락해 달라는 부탁은 단순히 그것뿐 아니라, 뭔가 꿍꿍이가 있는 것이 아닐까? 어쩌면 사쓰코의 책략이리라는 생각도 들었다. 오늘만 하더라도 내가 치료 중인 시간에 일부러 인사를 하러 오지 않았는가? 그러면 늙은이에게 붙잡혀서 오랫동안 상대하지 않아도 된다고 생각한 것은 아닐까? 나는 하루히사가 야간에는 바쁘지만, 낮 동안에는 자유롭다는 이야기를 얼핏 들은 적이 있다. 그러면 그가 샤워를 하러 오는 것은 오후부터 저녁까지로 아마 사쓰코가 목욕을 하는 것과 같은 시간대일 것이다. 요컨대 내가 서재에 있든가 침실에서 치료를 받는 시간에 오는 것이다. 그가 욕실에 있을 때 그쪽 문을 설마 활짝 열어 두지는 않으리라. 그때는 문을 잠글 것이다. 나쁜 습관이 들어 버렸다고 사쓰코는 후회하지 않을까?

또 한 가지 신경이 쓰이는 일이 있다. 글피, 8월 1일에 할멈, 게이스케, 쓰지도의 구가코와 아이들 세 명, 식모 오세쓰까지 일곱 명이 가루이자와로 출발한다. 조키치는 2일에 간사이 지방으로 가고, 6일에 귀경하여 7일 일요일부터 약 열흘 동안 가루이자와에 간다고 한다. 그렇게 되면 사쓰코에게는 여러 가지로 상황이 좋아지리라. 사쓰코가 뭐라고 했냐 하면 "저는 다음 달이 되면 가끔씩 2~3일 정도 가루이자와에 가겠어요. 사사키 씨하고 시즈가 도쿄에 있기는 있어도 아버님을 혼자 남겨 두기에는 걱정이 되기도 하고, 또 가루이자와는 수영장 물이 너무 차가워서 수영을 할 수 없어서 별로예요. 가끔씩이라면 괜찮지만, 쭉 있기는 싫어요. 나는 역시 바다가 좋아요."라고 했다. 그런 말을 들으니 나도 어떻게든 남아 있을 궁리를 해야겠다는 생각이 들었다.

"저는 먼저 가 있겠어요. 영감은 언제 오시려우?"

할멈이 물었다.

"글쎄, 나는 어떻게 할까? 모처럼 침 치료를 시작했으니, 조금 더 맞아 보고 싶은데?"

"하지만 효과가 없다고 하시지 않았수? 하다못해 더울 때라도 좀 쉬지 그래요?"

"아냐, 요즘 효과가 좀 나는 것 같아. 아직 치료를 시작한 지 한 달도 안 됐으니 지금 그만두기에는 아깝지."

"그러면 올해는 안 가실 생각이우?"

"그건 아니야. 곧 갈 거야."

그렇게 말해서 할멈의 심문을 겨우 피했다.

3

5일.

……………………………………………………………

…………………………………………

2시 30분에 스즈키 씨가 왔다. 곧 치료가 시작되었다.
3시 조금 지나 휴식 시간. 오시즈가 다과를 가지고 왔다. 모
카 아이스크림과 아이스티다. 오시즈가 방에서 나가려 할
때, 아무렇지도 않게 물어보았다.

"오늘은 하루히사는 안 왔나?"

"오시긴 오셨는데 벌써 돌아가셨습니다."

오시즈는 다소 애매하게 대답을 하고 나간다.

맹인이 음식을 먹을 때는 시간이 걸린다. 제자가 한 숟
가락씩 천천히 천천히 아이스크림 덩어리를 입안에 넣어 준
다. 그 틈틈이 홍차를 마신다.

"잠깐 실례하겠습니다"

나는 침대에서 내려와 욕실 문 앞에 가서 손잡이를 돌려

보았다. 문은 잠겨 있어 움직이지 않는다. 다시 확인하기 위해 손을 씻으러 가는 척하고 변소에 들어가 거기서 바깥 복도로 나가 복도에서 욕실 문을 열어 본다. 열렸다. 욕실에는 아무도 없다. 그러나 벗어 놓은 하루히사의 와이셔츠와 바지, 신발이 바구니에 아무렇게나 담겨 있다. 욕실 유리창을 열어 보았다. 확실히 욕실은 텅 비어 있었다. 욕실 커튼 안까지 들여다보았지만 아무도 없다. 다만 하수구 타일이나 주위의 벽에 물이 엄청 튀어 다 젖어 있었다. 오시즈 녀석 대답하기 곤란하니까 거짓말을 했구나. 하지만 어디에 있는 것일까? 대체 사쓰코는 어디에 있는 것일까? 식당의 바 쪽으로 찾으러 가다가, 식당 복도 쪽에서 코카콜라 병과 컵 두 개를 쟁반에 담아 2층 계단으로 올라가는 오시즈와 딱 마주쳤다.

오시즈는 갑자기 얼굴이 파랗게 질려서 계단 위쪽에 멈춰 섰다. 쟁반을 받친 손이 떨리고 있었다. 나도 어쩔 줄 몰랐다. 이런 시간에 바깥 복도를 헤매는 나도 이상한 것이다.

"하루히사, 아직 안 간 모양이군."

나는 애써 밝고 가벼운 척 말을 붙였다.

"네. 돌아가셨는 줄 알았는데……."

"아, 그래."

"2층에서 더위를 식히고 계셔서……."

컵이 두 개고 코카콜라 병도 두 개. 두 사람은 2층에서 '더위를 식히고' 있는 것이다. 옷이 바구니에 아무렇게나 던져져 있는 이상, 그는 샤워를 하고 잠옷으로 갈아입은 것이다. 샤워도 혼자서 했는지 어떤지 모른다. 2층에는 자고 가는 손님을 위한 방이 있는데, 그들은 어디에서 더위를 식히고 있는 것일까? 이런 경우 잠옷을 빌리는 정도라면 괜찮지만, 아래층 거실이든 응접실이든 다실이든, 지금은 할멈도 없어서 도처에 빈 곳이 많은데 굳이 2층으로 올라갈 필요는 없다. 요컨대 그들은 오후 2시 30분부터 4시 30분까지 내가 치료를 받는 까닭에 침실에서 나올 리가 없다고 생각했음이 틀림없다.

오시즈가 계단을 오르는 모습을 올려다보고 나는 바로 침실로 돌아왔다.

"아, 실례했습니다."

인사를 한 뒤 다시 침대에 누웠다. 그사이 10분이나 시간이 지났다. 맹인은 아이스크림을 겨우 다 먹은 참이었다.

다시 침 치료가 시작되었다. 앞으로 40~50분 동안 나는 스즈키 씨에게 몸을 맡겨야 한다. 4시 30분이 되자 스즈키 씨는 떠나고, 나는 서재로 돌아왔다. 그사이에 2층에서 살짝 내려와서 사라지면 좋았을 텐데, 그들은 계산을 잘못했다. 느닷없이 내가 복도에 나타나기도 하고, 운 나쁘게 나와 오시즈가 마주치기도 했다. 하지만 만약 나와 오시즈가 마주치지 않았다면 내게 들킨 것을 그들이 알지 못했으리라고 생각하니, 오시즈가 나와 마주친 것은 그나마 잘된 일이라 할 수 있다. 더 나쁘게 생각하면 나한테 의심받고 있음을 아는 사쓰코는 치료하는 중간에 내가 복도로 나가서 상황을 살필 수도 있다고 추측했을지 모른다. 그리고 고의로 내게 그런 기회를 허락하여 오시즈와 내가 마주치게 일을 꾸몄을지도 모른다. 조만간 늙은이에게 알려 두는 것이 유리할 것 같으니까, 그렇다면 조금이라도 빨리 알려서 사정을 납득시켜 두는 것이 마음 편하리라고 생각했을지도 모른다.

"괜찮아, 그렇게 당황하지 않아도. 마음 푹 놓고 천천히 돌아가라니까."

이렇게 말하는 사쓰코의 목소리가 들리는 것 같다.

4시 30분부터 5시까지 휴식, 5시부터 5시 30분까지 목 당기기, 5시 30분부터 6시까지 휴양. 그사이, 아마 내 치료가 끝나기 전에 2층의 손님은 돌아갔을 것이다. 사쓰코도 함께 나갔는지 아니면 역시 겸연쩍어서 혼자 2층에 틀어박혀 있는지 일체 모습을 드러내지 않았다. 오늘은 점심 식사 때 얼굴을 내밀었을 뿐이다. (2일 이후로 나는 그녀와 단둘이 서로 마주 앉아 식사할 수 있었다.) 6시에 사사키가 정원 산보를 채근하러 왔다. 내가 툇마루에서 정원으로 내려오려고 할 때였다.

"사사키 씨, 오늘은 됐어. 내가 모실 테니까."

어디에선가 사쓰코가 나타나서 말했다.

"하루히사는 언제 돌아갔냐?"

정자에서 바로 그 이야기를 하게 되었다.

"그러고 나서 얼마 안 있어서."

"그러고 나서라니?"

"코카콜라를 마시고 나서 얼마 안 있어서. 어차피 들켰으니, 서둘러 돌아가면 오히려 더 이상하다고 말했는데."

"그 정도 일로. 의외로 기가 약하군."

"필시 큰아버지께서 오해를 하고 계실 것이니, 나보고 잘 해명해 달라고 신신당부했어."

"이제 그만두자꾸나. 그런 이야기."

"오해하려면 하라지 뭐. 하지만 아래층보다 2층이 통

풍이 잘 돼서 2층으로 올라가서 같이 코카콜라를 마셨을 뿐이야. 옛날 사람들은 이런 걸 이상하게 받아들인단 말이야. 조키치라면 이해해 주는데."

"뭐, 됐어. 그런 건. 어느 쪽이든 상관없어."

"상관없는 일은 아니지."

"잠깐 말해 두겠는데, 자네가 나를 오해하는 건 아냐?"

"어떤 식으로?"

"가령 자네가, 가령이야, 하루히사와 어떤 일이 있다고 해도 나는 그것을 거론할 생각은 없어."

사쓰코는 알 수 없다는 표정을 하고 입을 다물었다.

"나는 그런 건 조키치한테도 그렇고 할멈한테도 그렇고 이야기하지 않을 거야. 내 가슴에 묻어 두지."

"아버님은 내게 그렇게 하라고 말씀하시는 거야?"

"어쩌면 그럴지도 모르지."

"미쳤군."

"그럴지도 모르지. 그런 걸 지금 알았나? 자네같이 영리한 사람이."

"하지만 무슨 느낌으로 그런 생각을 하는 거지?"

"내가 사랑의 모험을 할 수 없게 된 데 대한 분풀이로, 하다못해 다른 사람에게 모험을 시켜서 그것을 보고 즐기자는 거야. 사람이 이렇게 되면 이제 불쌍해지는 거지."

"자기한테 희망이 없으니까 될 대로 되라는 거네."

"괜한 심술이지. 불쌍하다고 생각해 줘."

"말은 잘 하네. 불편하다고 생각하는 것은 괜찮지만, 아버님을 즐겁게 하기 위해 내가 희생해야 하는 것은 싫어."

"희생이라고 할 것은 아니지 않니? 나를 즐겁게 함과 동시에 자네도 즐기잖아. 내 즐거움보다 자네 즐거움이 훨씬 더 클 테니까. 정말이지 나 같은 게 불쌍하지."

"또 따귀를 맞지 않도록 조심해 줘."

"거짓말을 할 건 없어. 물론 하루히사로 한정된 것은 아니지만 말이야. 아마리든 누구든 괜찮아."

"정자에 오면 꼭 이런 이야기를 하게 되네. 잠깐 산보 해요. 다리 운동만이 아니라 머리에 독도 빼 주니까. 저것 봐. 툇마루에서 사사키가 보고 있잖아."

길은 겨우 두 사람이 나란히 걸을 수 있을 정도의 폭이다. 싸리나무가 양쪽에서 뻗쳐 있어 걷기 불편하다.

"잎이 무성해서 뒤엉켜 있네. 나를 잡으세요."

"팔짱을 끼게 해 주면 좋을 텐데."

"그건 무리야. 아버님은 키가 작으니까."

내 왼쪽에서 나란히 걷던 그녀는 갑자기 오른쪽으로 돌아갔다.

"그 지팡이 나한테 줘. 오른손으로 여기를 잡고 계셔."

그렇게 말하고 그녀는 왼쪽 어깨를 내밀었다. 지팡이는 자기가 들고 싸리나무 가지를 헤치면서……

6일. …… 어젯밤에 이어 계속.

"대체 조키치는 자네를 어떻게 생각하고 있나?"

"그건 나도 궁금해. 아버님은 어떤 생각이세요?"

"나도 몰라. 나는 조키치에 대해서는 너무 생각하지 않으려고 해."

"나도 그래. 물어봐도 그이는 귀찮아하며 진심을 말해 주지 않아. 지금은 사랑하지 않는다는 거지."

"자네한테 애인이 생기면 어떻게 될까?"

"생기면 생기는 대로 어쩔 수 없지. 부디 어려워 마. 이렇게 농담처럼 말했지만 의외로 진심 같았다니까."

"누구든 마누라한테 그런 말을 들으면 그렇게 오기를 부리는 법이지."

"그이한테도 누군가 좋아하는 사람이 있는 것 같단 말이지. 나와 비슷한 과거를 가진, 어딘가 카바레에 있는 여자인 것 같아. 게이스케한테까지 만나게 해 줄 수 있을 것 같으면 헤어져도 된다고 했더니, 헤어질 생각은 없대. 게이스케도 가엾지만 그보다 자네가 없으면 아버지가 울어서 불쌍할 거라고 하더라고."

"사람을 뭘로 보고?"

"그래도 아버님에 대해 모두 알고 있어. 나는 아무 말도 하지 않지만."

"역시 내 아들이 맞네."

"말도 안 되는 효도를 하려고 해."

"사실 자네에게 미련이 있는 거야. 아버지인 나를 내세워서 말이야."

나는 사실 나의 장남이며 우쓰기 가문의 장자인 조키치에 대해서 아는 바가 거의 없다. 자신의 귀한 아들에 대해 이렇게 무지한 아버지는 아마 없을 것이다. 그가 도쿄 대학교 경제학부를 졸업하고 퍼시픽 플라스틱 공업 주식회사에 입사한 것은 안다. 그러나 실제로 어떤 일을 하는지는 잘 모른다. 확실하지는 않지만 미쓰이 화학으로부터 수지 원료를 사들여 사진 필름, 폴리에틸렌 피막, 폴리에틸렌 완제품, 양동이나 마요네즈 튜브와 같은 제품을 제조하는 회사라고 들었다. 공장은 가와사키 근처에 있는데 본사는 니혼바시에 있고 조키치는 그곳 영업부에서 근무한다. 조만간 부장이 될 수 있다고 하는데, 현재 월급이나 보너스를 얼마나 받는지 나는 모른다. 그는 가계를 상속할 사람이지만 목하 내가 이 집의 주인이다. 조키치도 어느 정도 생활비를 부담하는 것 같지만, 여전히 대부분은 내 부동산 소득과 배당 소득에 의지하고 있다. 매달 드는 생활비는 몇 년 전까지 할멈이 처리했지만 언제부터인지 사쓰코가 담당하고 있다. 할멈의 이야기에 의하면 사쓰코는 저리 보여도 숫자에 상당히 밝고 출입 상인의 청구서도 허술히 넘기지 않는다. 가끔씩 부엌에 가서 냉장고를 열고 점검을 하기 때문에 작은 사모님이라고 하면 식모들이 쩔쩔매는 것 같다. 새로운 물건을 좋아하는 사쓰코가 작년에 음식물 쓰레기 분쇄기인 디스포저를 부엌에 설치했는데, 자기가 보기에 '아직 먹을 수 있는' 감자를 집어넣었다고 오세쓰를 몹시 혼내는 모습을 본 적이 있다.

"썩었으면 개한테 주면 되잖아. 너희들은 재미로 뭐든지 거기에 집어넣는 거지. 저런 것 사지 말걸."

사쓰코는 그런 말을 하며 후회했다.

가정 비용은 될 수 있는 한 절약하며 식모를 힘들게 하고, 나머지는 전부 자기 주머니로 집어넣는 것 같다. 할멈은 모두를 궁핍하게 하고 자기만 호사를 부리는 게 뻔하다고 한다. 오시즈에게 주판을 튕기게 하는 일도 있지만, 대개는 사쓰코가 직접 한다. 세금은 계리사에게 맡기지만, 계리사 응대는 그녀가 한다. 작은 사모님으로서의 사무도 상당히 바쁠 텐데, 무엇이든지 맡으면 매우 빨리 배워서 척척 처리했다. 그런 점은 틀림없이 조키치가 매우 마음에 들어 할 것이다. 바야흐로 그녀는 우쓰기 가문에서 확고한 위치를 차지했고, 그런 의미에서 조키치에게도 없어서는 안 될 존재가 되었다.

할멈이 사쓰코와의 결혼에 반대할 당시에도 조키치는

"무희 출신이라고 해도 그녀는 반드시 살림을 잘 꾸려 나갈 거예요. 그런 재능이 있는 것을 저는 척 알아봤어요."

라고 말했는데, 그때는 아마 대충 집작해서 한 소리로 선견지명이 있었던 것은 아닐 터다. 아내로서 가정에 들여보니 의외로 그런 재능을 발휘하기 시작한 것이다. 사쓰코도 자신에게 그런 재능이 있음을 그때까지는 몰랐으리라.

나는 그들의 결혼을 허락하기는 했지만, 어차피 오래가지는 못할 것이라고 생각했다. 자식은 부모를 닮게 마련이니 조키치도 여자에게 쉽게 빠지지만 싫증도 빨리 내곤 하던 젊었을 때의 나와 같으리라고 생각했는데, 요즘엔 그렇게 간단하게만 말할 수 없다. 결혼 당시 조키치는 어딘가한 가지에 몹시 몰두하는 타입이었는데 지금은 그렇지 않은 것이 확실하다. 하지만 내 눈에 그녀는 막 결혼했을 때보다 현재가 더 아름답다. 우리 집에 온 지 이미 10년 가까이 되는데 세월이 지날수록 점점 더 아름다워진다. 게이스케를 낳고 나서 특히 눈에 띄게 아름다워졌다. 지금은 옛날처럼 무희 티가 나지 않는다. 물론 나와 둘만 있을 때에 한하여 일부러 옛날 모습을 보일 때가 있다. 조키치와 둘만 있을 경우에도 일찍이 애정이 있었을 때는 그런 식이었겠지만, 지금은 그렇지도 않은 것 같다. 나의 아들은 사쓰코의 경리로서의 재능을 높이 사서, 그녀를 잃으면 불편하겠다고 생각하는 것은 아닐까? 내숭을 떨 때의 그녀는 어디를 봐도 훌륭한 사모님의 관록을 갖추고 있다. 언어와 동작이 엄격하고 빈틈없이 야무지며, 정이 있는가 하면 애교도 있어서 사람들의 비위를 잘 맞춘다. 일반적으로 그렇게 보일 것이 틀림없기 때문에 아들도 내심 그것을 자랑스러워하는 듯하다. 그렇게 생각하니 헤어질 생각은 좀처럼 하지 않는 것이다. 만일 그녀가 의심스러운 행동을 한다고 해도 보고도 못 본 척할지도 모른다. 눈치껏 행동하기만 한다면 말이다.

··
··

7일. ······ 조키치가 어젯밤에 간사이에서 귀가. 오늘 아침 가루이자와로 감.······

8일. ······ 오후 1시부터 2시까지 낮잠. 그대로 스즈키 씨 내진을 기다렸다. 그런데 욕실의 도어를 노크하니, 사쓰코가 말한다.

"잠깐만, 여기 문 닫을게"

"오는 거냐? 애인?"

"응."

사쓰코는 빼꼼히 얼굴을 내밀었지만 그렇게 말하고 곧 꽝 하고 문을 세게 닫아 버렸다. 정말이지 살짝 보았을 뿐이었지만, 이상하게 차갑고 뚱한 표정을 짓고 있었다. 자기가 먼저 샤워를 했는지, 비닐 모자에서 물이 뚝뚝 떨어졌다. ……

9일. …… 오늘은 침 치료가 없는 날이지만, 역시 신경이 쓰여 낮잠을 잔 후에 침실에 있었다.

오늘도 노크하는 소리가 들린다. "여기 문 잠글게."라고 말하는 소리도 들린다. 오늘은 어제보다 30분 정도 늦다. 그리고 그녀는 얼굴도 내밀지 않았다. 오후 3시 이후 나는 문손잡이를 살짝 돌려 보았다. 아직 잠겨 있다. 오후 5시에 목 당기기를 하는데, 하루히사가 인사를 하고 지나가는 소리가 들렸다.

"큰아버지, 매번 대단히 감사합니다. 덕분에 매일 너무 편합니다."

얼굴은 볼 수 없었다. 어떤 표정을 하고 그런 말을 하는지 보고 싶었다.

6시. 정원에서 산책을 할 때, 사사키에게 물어보았다.

"사쓰코는 없나?"

"글쎄요, 아까 힐만이 나와 있었던 것 같은데요."

사사키는 이렇게 대답하고 오시즈에게 물어보러 갔다 왔다.

"역시 작은 사모님은 나가셨다 합니다."

………………………………………………………………

………………………………………………………

10일. …… 오후 1시부터 2시까지 낮잠. 그리고 나머지는 8일의 사건과 같은 경과를 거침.

11일. …… 칩은 쉼. 그러나 오늘은 9일하고는 사정이 다르다.

"여기 문 닫을게."라는 말 대신 "여기 문 열려 있어."라고 말하며 그녀가 보기 드물게 밝은 표정을 하고 얼굴을 내밀었다. 샤워 소리가 났다.

"오늘은 안 오는 건가?"

"응, 들어오셔."

들어오라고 하니 들어갔다. 그녀는 욕실 커튼 뒤로 재빨리 숨었다.

"오늘은 키스하게 해 줄게."

샤워 소리가 그쳤다. 커튼 뒤에서 정강이와 발이 나왔다.

"뭐야, 또 내진하는 식으로?"

"응, 그래. 무릎 위는 안 돼. 그 대신 샤워를 멈춰 줬잖아."

"보수로 주는 것인가? 그런 것치고는 너무 싸군."

"싫으면 관둬. 억지로 하라고 하진 않았어요."

그리고 덧붙였다.

"오늘은 입술로만 하지 않아도 돼. 혀를 대도 돼."

나는 7월 28일과 같은 자세로, 그녀 종아리의 같은 위치를 입술로 빨았다. 혀로 천천히 맛을 보았다. 키스하고 비슷한 맛이 난다. 그대로 슬금슬금 종아리에서 뒷꿈치까지 내려갔다. 의외로 아무 말도 하지 않았다. 내가 하는 대로 내버려 두었다. 혀는 발등까지 이르렀고 엄지발가락 끝까지 갔다. 나는 무릎을 꿇고 발을 들어 올려 엄지발가락과 두 번째 발가락, 세 번째 발가락을 입안 가득히 물었다. 발바닥의 아치 모양 부분에 입술을 대었다. 젖은 발바닥이 얼굴같이 고혹적인 모양으로 떠올라 있었다.

"이제 됐죠?"

사쓰코가 갑자기 샤워를 하기 시작했다. 그녀의 발바닥과 내 머리, 얼굴을 물투성이로 만들며. ……

5시, 사사키가 목 당기기 운동 시간을 알리러 와서 말한다.

"어머, 눈이 빨개요."

근 수년 동안 나는 흰자위가 종종 충혈되곤 해서 보통 때도 불그스름하다. 동공 주위를 주의해서 보면, 각막 아래 빨갛고 가는 혈관이 이상하게 몇 가닥 드러나 있는 것을 볼 수 있다. 안저 출혈 염려는 없다는 검사를 받은 적이 있지만 안저 출혈이라도 특별한 일은 아니고, 내 연배에서는 보통 있는 일이라고 한다. 그러나 눈이 충혈되어 있을 때는 맥박도 빠르고 혈압도 높다. 사사키는 바로 맥을 짚어 본 뒤 내게 물었다.

"분당 맥박수가 90 이상이네요. 무슨 일 있으셨어요?"

"아니, 뭐 특별히."

"혈압을 재 볼게요."

어쩔 수 없이 서재 소파에 누웠다. 10분 동안 안정을 취한 후 오른쪽 팔을 고무관으로 묶었다. 나한테는 혈압계가 보이지 않지만 사사키의 표정으로 대강 짐작이 갔다.

"지금 속이 나쁘지는 않으세요?"

"속은 아무렇지도 않은데 혈압이 높나?"

"200 정도 돼요."

그녀가 이런 식으로 말할 때는 대개 200 이상이다. 205나 206, 210, 혹은 220 이상인 것이 틀림없다. 그러나 과거에 최고 245까지 달한 경험이 몇 번이나 있는 나이기에, 그런 정도로는 의사가 놀랄 일도 아니다. 어쩌다 그렇게 되어도 어쩔 수 없다고 체념해 버렸다.

"오늘 아침에 쟀을 때는 최고가 145, 최저가 83으로 지극히 정상이었는데 어째서 이렇게 갑자기 올라갔을까요? 아무래도 이상해요. 억지로 힘을 쓰고 계셨나요?"

"아니!"

"뭔가 일이 있었던 거죠? 아무래도 이상해요."

사사키는 자꾸만 고개를 갸우뚱한다. 나는 말하지 않았지만, 원인을 너무나 잘 알고 있다. 방금 전 발바닥의 감촉이 아직 입술에 남아 있어서 잊으려 해도 잊히지 않았다. 사쓰코의 발가락 세 개를 입안 가득 물었을 때, 아마 그때 혈압이 최고에 달했을 것이다. 얼굴이 확 달아오르며 한꺼번에 피가 머리로 쏠렸기 때문에, 이 순간 뇌졸중으로 죽는 것은 아닐까 싶었다. 이제 죽는 것인가, 지금 죽는 것인가 하는 기분이 든 것도 사실이다. 이런 상황이 생기리라고 전부터 각오했지만, 역시 '죽는다.'라고 생각하니 무서워졌다. 그리고 열심히 마음을 진정시켜야지, 흥분하면 안 된다고 스스로 내게 다짐했지만 이상하게도 그렇게 생각하면서도 그녀의 발을 빠는 일은 멈추지 않았다. 멈출 수가 없었다. 아니 멈추려고 하면 할수록 점점 더 미친 듯이 빨게 되었다. 죽는구나, 죽는구나 하면서도 빨았다. 공포와 흥분과 쾌감이 번갈아 가며 가슴을 벅차게 했다. 협심증 발작과 같은 통증이 격하게 가슴을 조였다. ……그러고 나서 벌써 2~3시간 이상 지났을 텐데도 여전히 혈압이 내려가지 않은 것으로 보인다.

"오늘은 목 당기기 운동을 하지 마시고 안정을 취하고 계시는 편이 좋을 것 같습니다."

그렇게 말하며 사사키는 나를 억지로 침실로 데려가서 눕혔다. ……………………………………………………… …………………………………………………

오후 9시. 사사키가 혈압계를 들고 들어왔다.

"다시 한 번 재겠습니다."

다행히도 정상 상태로 돌아왔다. 최고 혈압이 150 정도, 최저는 87.

"아, 이제 됐네. 정말로 안심이 되네요. 아까는 최고가 223, 최저가 150이었어요."

"어쩌다 그런 경우도 있을 수 있지."

"어쩌다가라도 이런 일이 있으면 큰일 납니다."

한숨 돌린 것은 사사키만이 아니다. 사실 사사키 이상으로 나도 '아, 다행이다.'라고 생각하며 몰래 가슴을 쓸어내렸다. 그러나 동시에 이런 상태라면 앞으로도 미친 짓을 반복해도 지장이 없겠지 싶었다. 사쓰코가 좋아하는 핑키 스릴러[44] 까지는 못 되겠지만, 이 정도의 모험이라면 멈출 수 없다. 잘 못되서 죽는다고 해도 무슨 상관이냐는 생각이 들었다. ……

---

44 핑키 스릴러(pinky thriller): 에로티시즘과 스릴이 있는 작품. 1961년 4월부 터 ABC에서 방영된 미국 워너브라더스사 제작 프로그램 「롤링 트웬티즈 맨 해튼 스캔들」부터 극히 한정된 시기에 사용된 말.

12일. …… 오후 2시 지나 하루히사가 와서 두세 시간 있었던 것 같다. 저녁 식사를 마치자 사쓰코는 바로 외출했다. 스칼라자에서 마틴 라살레가 출연한 「소매치기」[45]를 보고 프린스 호텔 풀장으로 간다고 한다. 백리스 수영복 사이로 드러난 새하얀 어깨와 등이 야간 조명을 받는 광경을 상상했다. ……

13일. …… 오후 3시 무렵, 오늘도 핑키 스릴러를 경험했다. 단 오늘은 눈이 빨개지지 않았다. 혈압도 보통인 것 같았다. 약간 맥이 풀린 느낌. 눈이 조금 충혈되고 혈압이 200정도가 될 만큼 흥분하지 않으면 뭔가 좀 아쉽다.

14일. 밤에 조키치 혼자 가루이자와에서 귀가. 내일, 즉 월요일부터 출근한다고 함.

16일. 사쓰코, 어제 오랜만에 하야마에서 수영을 하고 왔다고 함. 올여름은 아버님을 돌보느라 바다에 갈 수가 없었으니 햇빛에 살을 태우고 와야겠다고 한다. 사쓰코의 피부는 외국인처럼 백석 같아서 햇빛에 태운 부분이 홍조를 띤다. 목에서 가슴에 걸쳐 V자 형으로 진홍빛 물이 들고 수영복으로 가려진 배 부분은 한없이 하얬다. 오늘은 내게 그것을 과시하기 위해 욕실로 부른 것 같다.

---

45 1961년 8월 17일 개봉. 소매치기를 그린 프랑스 영화. 로베르 브레송 감독 작품. 감독은 아마추어 배우 마틴 라살레(Martin Lasalle)를 캐스팅하여 감정 표현을 극히 배제한 영화를 만들었다.

……………………………………………………………
………………………………………………………

17일. 오늘도 하루히사가 온 것 같다.

18일. …… 오늘도 핑키 스럽다. 단 11일, 13일과는
좀 다르다. 오늘은 그녀가 굽이 높은 샌들을 신고 들어와서
그대로 샤워를 했다.

"왜 그런 것을 신고 있지?"

"뮤직홀의 누드쇼 같은 데 가면, 모두 알몸으로 이것을
신고 있어. 발에 미친 아버님한테는 이것도 매력적이지 않
아? 가끔씩 발바닥이 보이기도 하고 말이야."

그건 좋았지만, 그 후에 다음과 같은 사건이 있었다.

"오늘은 아버님, 네킹을 하게 해 줄까?"

"네킹이 뭐야?"

"네킹 몰라? 얼마 전에 아버님이 하지 않았어?"

"목에 키스하는 것 말이야?"

"그래, 페팅의 일종이야."

"페팅이 뭐야? 그런 영어는 배운 적이 없어."

"아버님은 품이 들어 안 되겠다니까. 온몸을 사랑하는
거야. 헤비 페팅이라는 말도 있어. 아버님한테는 현대어부
터 가르쳐야겠군."

"그럼 여기에 키스를 하게 해 주는 거네."

"고맙다고 생각해."

"삼배구배하지. 대체 무슨 일인지. 후환이 두렵군."

"각오 잘 했어. 그런 줄 알고 있음 됐지, 뭐."

"그럼 먼저 말해 주지 않겠어?"

"아, 어쨌든 네킹해."

결국 내가 유혹에 지고 말았다. 나는 20분 이상이나 소위 네킹을 마음껏 했다.

"자, 이겼네. 이제 싫다고 하기 없기야."

"뭐야, 자네 요구는."

"깜짝 놀라 쓰러지기 없기."

"뭐야, 대체."

"얼마 전부터 갖고 싶은 게 있어."

"그러니까 그게 뭐냐고?"

"캐츠아이."

"캐츠아이? 묘안석 말이야?"

"응, 맞아. 그것도 작으면 안 돼. 남자가 끼울 수 있을 만큼 커다란 것이 갖고 싶어. 실은 제국 호텔 아케이드에 있는 것을 봐 두었어. 아무래도 그것으로 하고 싶어서."

"얼만데?"

"300만 엔."

"뭐라고?"

"300만 엔."

"농담해?"

"농담 아냐."

"당장 그런 돈이 어디 있어?"

"나도 알아, 그건. 딱 그 정도 조건이 붙는 거지. 이걸로 정했으니까 2~3일 안에 사 오겠다고 확실히 이야기해 두고 왔단 말이야."

"네킹이 그렇게 비싼 것이라고는 생각 못 했군."

"그 대신 오늘만으로 한정하지 않겠어. 앞으로 언제까지고 하게 해 줄게."

"고작 네킹이라서 말이야. 진짜 키스라면 가치가 있겠지만."

"뭐야, 삼배구배하겠다고 해 놓고."

"일이 커졌군. 할멈에게 들키면 어떻게 하지?"

"그런 어설픈 짓을 하겠어?"

"그래도 마음이 아프군. 늙은이를 너무 못살게 굴지 말아 줘."

"말은 그렇게 하면서도 표정은 기뻐하는 것 같네."

사실 나는 기쁜 표정을 지었던 것 같다.

....

....

19일. 태풍이 다가온다는 보도가 있음. 그런 탓인지 손의 통증이 심해졌고 다리를 움직이는 것이 점점 더 어려워졌다. 사쓰코가 사 온 진통제 돌신을 하루 세 번 세 알씩 복용. 덕분에 통증은 가벼워졌다. 이는 경구용 약이기 때문에 노블론보다는 기분이 낫다. 그러나 아스피린 계통의 약이기 때문에 땀이 몹시 나서 힘들다.

오후에 스즈키 씨에게서 긴급 전화가 와서 "태풍이 오면 곤란하니까 오늘은 침을 쉬겠습니다."라고 한다. 알겠다고 하라고 하고 침실에서 서재로 왔다. 바로 그때 사쓰코가 들어왔다.

"약속하신 것을 받으러 왔어요. 지금 은행에 가서 그길로 호텔로 가겠어요."

"태풍이 온다잖아. 이럴 때는 나가지 않는 것이 좋지 않겠니?"

"마음이 변하기 전에 받을 것을 받아서 한시라도 빨리 그 돌을 이 손가락에 끼워 보고 싶단 말이야."

"나는 약속을 한 이상 어기지 않아."

"내일은 토요일이라서 늦잠을 자면 은행 시간에 못 맞춰. 좋은 일은 서두르라는 말도 있잖아."

그 돈은 다른 용처가 있었다.

원래 우리 일가는 몇 대 전부터 혼조 와리게스이에 살았는데 아버지 대 때 혼조에서 니혼바시구 요코야마초 1가로 이사를 했다. 그게 메이지 몇 년 무렵이었는데 어렸을 때라서 기억나지 않는다. 그리고 1923년 대지진 후에 아자부 마미아나에 이 집을 지어서 이사했다. 집을 지은 것은 나의 아버지였지만 아버지는 1925년, 내가 마흔한 살 때 돌아가셨다. 어머니는 그 뒤 몇 년 더 사시다가 1928년에 돌아가셨다. 아자부의 집을 신축했다고 했지만, 확실히 메이지 시대 정우회[46]의 하세바 스미타카[47]의 저택이 있었던 자리라 전부터 고택이 들어서 있었기 때문에 그 일부를 남기고 개축한 것이다.

---

46   메이지 시대(明治時代, 1868~1912) 후기에서 쇼와 시대(昭和時代, 1926~1989) 전기의 대표적 정당. 정식 명칭은 입헌정우회(立憲政友會).

47   하세바 스미타카(長谷場純孝, 1854~1914): 사쓰마번(薩摩藩) 출신으로 서남전쟁에 참가. 중의원 의원, 문부 대신 역임.

아버지와 어머니는 그 옛집에서 말년을 보내시며 한가로운 주변을 사랑했다. 간토 대지진 때 한 번 더 개축했는데 그 옛집은 기적적으로 화재를 피해서 지금도 여전히 부모님이 계셨던 당시의 모습 그대로 보존되고 있다. 하지만 이제 집이 많이 낡아 살 수 없게 돼서 아무도 살지 않고 비어 있다. 나는 그것을 헐고 근대식으로 다시 건축하여 이번에는 내가 거기서 말년을 보내야지 하고 생각했는데, 할멈이 지금까지 반대해 왔다. 돌아가신 부모님이 사시던 곳을 마음대로 헐어 내는 것은 좋지 않다, 조금이라도 더 오래 보존하는 것이 좋다는 이유였다. 이야기하자면 한이 없기 때문에, 나는 조만간 할멈을 억지로 설득해서 집을 헐고 다시 지으려고 생각했다. 지금의 안채 역시 가족을 모두 수용해도 별로 좁지 않지만 내가 기도하는 여러 가지 나쁜 짓을 실행하기에는 좀 불편하다. 노년을 보낼 새집을 짓는다고 하고, 내 침실이나 서재를 될 수 있는 한 할멈의 침실에서 멀리 떼어 내고, 할멈의 침실 옆에 전용 변소를 설치할 것이다. 욕실도 '할멈의 편의를 위해' 목재를 사용해서 순 일본식으로 할멈 침실 가까이에 따로 설치할 것이다. 내 전용 욕실에는 타일을 깔고 샤워 설비를 할 것이다.

"노년에 지낼 집에 목욕탕을 두 개나 짓다니 낭비 아녜요? 나는 괜찮아요. 나는 안채에서 사사키 씨나 오스즈와 함께 사용할 테니까."

"아, 당신도 그 정도 호사는 누려도 돼. 나이를 먹으면 욕조에 몸을 푹 담그는 게 낙일 테니까."

나는 할멈이 될 수 있는 한 자신의 방에 틀어박혀 집안 여기저기를 돌아다니지 않게 하려고 궁리를 했다. 그 김에 안채도 개조하여 이층집을 복층으로 만들려고 했는데, 이는 사쓰코의 반대에 부딪혔을 뿐만 아니라 돈도 부족했다. 그래서 어쩔 수 없이 내가 살 집만 신축할 생각이었다. 사쓰코가 노린 300만 엔은 그 돈의 일부다.

"다녀왔습니다."

사쓰코가 일찍 돌아왔다. 개선장군처럼 의기양양하다.

"벌써 다녀왔냐?"

그 말에는 대답도 하지 않고 손바닥 위에 돌을 하나 올려놓고 보여 주었다. 과연 멋진 묘안석이다. 거처를 신축하려 했던 나의 공상이 이 부드러운 손바닥 위의 한 점으로 사라져 버렸음을 깨달았다.

"이거 몇 캐럿이냐?"

나도 손바닥에 올려놓아 보았다.

"15캐럿."

늘 그렇듯이 순식간에 왼팔 질환부가 몹시 아프기 시작했다. 황급히 돌신을 세 알 먹었다. 승리하여 의기양양한 사쓰코의 얼굴을 보니, 아픈 것이 몹시도 즐겁다. 말년의 거처 따위를 짓느니 이게 훨씬 더 좋다. ……

20일. 태풍 14호가 드디어 접근, 비바람이 거세다. 그럼에도 불구하고 일찍이 예정한 대로 아침에 가루이자와로 출발했다. 사쓰코와 사사키를 동반했다. 단 사사키는 2등석이다. 사사키는 자꾸만 날씨에 신경을 쓰며 하루만 더 늦추시라고 했지만 나도, 사쓰코도 말을 듣지 않았다. 두 사람 모두 묘하게 살기를 띠고 태풍 따위 얼마든지 올 테면 오라는 식이다. 묘안석의 마력이다. ……

23일. 오늘 사쓰코를 동반하여 귀경할 생각이었는데, 아이들도 개학이기 때문에 예정을 앞당겨서 내일 모두 올라간다고 한다. 그러자 할멈이 내일 함께 돌아가자고, 하루만 더 있자고 했다. 사쓰코와 둘이서 여행하는 즐거움이 날아가 버렸다.

25일. 오늘 아침부터 또 목 당기기 운동을 시작하려고 했는데, 결국 효과가 없어서 중지하기로 결정. 침도 오늘까지만 하고 그만둘 것이다. …… 사쓰코는 오늘 밤 돌아오자마자 고라쿠엔 체육관에 갔다.

9월 1일. 오늘은 이백열흘날[48]인데 아무 일도 없다. 조키치는 오늘부터 5일 일정으로 후쿠오카로 날아갔다.

3일. 역시 가을은 가을이다. 소나기가 그친 후에 하늘이 말끔하게 개었다. 사쓰코는 서재에 수수와 맨드라미를 장식하고 현관에는 가을의 대표적인 일곱 가지 화초 싸리, 나팔꽃, 참억새, 마타리, 패랭이꽃, 칡, 향등골나무 등을 꽂았다. 그러는 김에 서재에 족자를 바꿨다. 가후[49]의 칠언 절구다.

---

48 입춘에서 시작해서 210일 되는 날. 9월 1일쯤 된다. 이때 태풍이 자주 온다고 한다.

49 나가이 가후(永井荷風, 1879~1959): 일본의 소설가. 『미국 이야기(アメリカ 物語)』(1908), 『프랑스 이야기(フランス物語)』(1909) 외에 최후, 최고의 작

집을 마케이에 정하고 일곱 번의 가을을 맞이하니
서리 맞은 늙은 나무는 서쪽 고루를 안은 듯하다
생각하면 우스운 일이라, 열흘 동안 내가 한 일은
낙엽을 긁어모으고 책을 거풍하고,
방한용 가죽옷을 햇볕에 말린 일뿐

가후의 글과 한시는 별로 훌륭하지 않지만, 그의 소설은 나의 애독서 중 하나다. 이 글은 옛날 어떤 미술상에게서 손에 넣은 것인데, 가후의 위서를 매우 잘 쓰는 남자가 있다고 하니까 이 액자도 진위가 확실하지 않다. 가후는 집이 전화(戰禍)로 타 버리기 전까지 여기서 아주 가까운 이치베초의 페인트칠을 한 목조 양옥에 살았으며 헨키칸(偏奇館)이라는 옥호를 붙였다. '집을 마케이에 정하고 일곱 번의 가을을 맞이하니'라는 말은 그런 의미다.

4일. 새벽, 오전 5시 무렵이었다고 생각된다. 꾸벅꾸벅 졸며 듣고 있자니, 어디에선가 귀뚜라미가 찌르륵찌르륵 울고 있다. 찌르륵찌르륵, 찌르륵찌르륵하며 희미하게 계속 들렸다. 벌써 귀뚜라미가 우는 계절이기는 하지만, 이 방에서 들리는 소리는 이상하다. 이 집 정원에서도 간혹 귀뚜라미가 울기는 하지만, 이 침실 침대에 누워 있는데 들리는 일은 이상하다. 어디에서인가 귀뚜라미가 잘못 들어온 것일까?
나도 모르게 어렸을 때의 일이 생각났다. 와리게스이

품으로 꼽히는 일기 「단장정일승(斷腸亭日乘)」 등의 작품을 남겼다.

의 집에 살던 때인데, 여섯 살인지 일곱 살이었을 것이다. 유모에게 안겨서 침상에 누워 있자니 툇마루 밖에서 귀뚜라미가 자꾸 울었다. 정원에 깔아 놓은 돌 밑이나 마루 밑 어딘가에 숨어 있다가 선명한 소리로 울었다. 청귀뚜라미나 송충이처럼 많이 모여들지는 않는다. 항상 한 마리가 있었다. 하지만 그 한 마리가 정말이지 확실하게 귓속까지 스며드는 소리로 울었다.

"보세요, 도쿠 도련님. 이제 가을이에요. 귀뚜라미가 울죠."

유모가 말했다.

"자, 저 소리를 듣고 있으면 '어깨 물어라, 옷자락 물어라. 어깨 물어라, 옷자락 물어라.'라고 하는 것처럼 들리죠? 저 소리가 들리면 가을이 온 거예요."

그런 말을 들으니 기분 탓인지 잠옷으로 입은 흰 홑옷 소매 사이로 차가운 바람이 휭 하고 지나가는 것 같은 느낌이 들었다. 나는 빳빳하게 풀을 먹인 홑옷을 입는 것이 싫었다. 잠옷에서는 항상 풀이 썩는 듯한 들척지근한 냄새가 났다. 그 냄새와 귀뚜라미의 울음소리, 그리고 가을 아침의 촉감이 하나로 뒤엉켜 나의 아득하고 희미한 기억에 남아 있다. 일흔일곱인 지금도 새벽에 저 찌르륵찌르륵하는 귀뚜라미 소리를 생각하면 그 옷의 풀 냄새, 유모의 말씨, 빳빳한 잠옷의 촉감이 되살아난다. 비몽사몽간에 지금도 와리게스이의 집에 있는 것 같았고, 침상 안에서 유모에게 안겨 있는 것 같았다.

하지만 오늘 아침에는 의식이 점점 더 뚜렷해짐에 따

라 그 찌르륵찌르륵하는 소리가 지금 사사키 간호사와 침대를 나란히 하고 있는 이 방 안에서 들리고 있음에 틀림없다는 사실을 알게 되었다. 그렇다 해도 이상하다. 이 병실에서 귀뚜라미가 울 리가 없다. 창문도, 문도 잠겨 있기 때문에 밖에서 들려올 수도 없다. 하지만 뭔가가 확실히 찌르륵찌르륵하고 울고 있다.

"뭐지?"

나는 다시 한 번 귀를 기울였다. 아, 그렇군. 그랬구나 하고 마침내 깨달았다. 몇 번이고 다시 들어 보았다. 그래, 확실히 그거야. 그랬구나.

내가 귀뚜라미 소리로 들은 것은 귀뚜라미 소리가 아니라 자신의 호흡기 소리였던 것이다. 오늘 아침에는 공기가 건조해서 늙은이의 목도 건조해졌다. 그래서 숨이 목에 들어갔다 나왔다 할 때마다 감기가 걸릴 것처럼 찌르륵찌르륵하는 소리를 내었던 것이다. 목인지 콧속인지, 어디에서 나는지 확실히 알 수는 없지만 그 주변 어디인가를 통과할 때마다 찌르륵찌르륵하는 소리가 나는 것 같다. 그것이 내 목에서 나는 소리라고는 생각하지도 못하고, 내 목이 아닌 다른 곳에서 들려온다고 느꼈다. 아무래도 찌르륵찌르륵하는 귀여운 소리가 내 몸에서 나리라고는 생각되지 않아서 벌레가 우는 소리라고 여겼나 보다. 하지만 시험 삼아 숨을 들이마셨다 내쉬었다 해 보니 역시 틀림없이 찌르륵찌르륵하는 소리가 난다. 재미있어져서 몇 번이나 시험해 보았다. 숨을 세게 쉬면 소리도 세지고, 마치 피리라도 부는 것처럼 찌르륵찌르륵하는 소리가 났다.

"잠이 깨셨어요?"

사사키가 몸을 일으켰다.

"자네 이 소리가 뭔지 아나?"

나는 다시 목을 울려 들려주었다.

"영감님 호흡하시는 소리잖아요."

"아, 자네는 알고 있었군."

"알죠. 매일 아침 나는 걸요."

"아, 매일 아침 이런 소리를 냈단 말이지?"

"영감님은 자신이 그런 소리를 내면서도 모르셨어요?"

"아니, 며칠 전부터 아침이 되면 들린 것 같기는 한데 잠이 덜 깨서 귀뚜라미가 우는 소리라고 생각했지."

"귀뚜라미 아니에요. 영감님 목에서 나는 거예요. 영감님만 그런 건 아네요. 누구나 연세가 드시면 목이 건조해져서 숨을 쉬실 때마다 피리 소리 같은 숨소리가 나요. 노인에게는 흔히 있는 일이에요."

"그럼 자네는 전부터 알고 있었던 거네."

"네, 요즘에는 매일 아침 들렸어요. 찌르륵찌르륵하는 귀여운 소리가."

"할멈에게도 이 소리를 들려줘야겠군."

"알고 계세요. 그건."

"사쓰코가 들으면 웃겠지?"

"작은 사모님이 모르실 리가 있겠어요?"

5일. 오늘 새벽에 어머니 꿈을 꾸었다. 불효자인 나로서는 드문 일이다. 아마 어제 새벽의 귀뚜라미 꿈이나 유모가 나오는 꿈이 영향을 미친 듯하다. 꿈속에 나온 어머니는 내 기억에 있는 가장 젊고 아름다웠을 때의 모습을 하고 계셨다. 어디인지는 확실하지 않지만 아마 와리게스이 시절이었던 것으로 기억한다. 외출할 때 늘 입으시던 회색 바탕에 잔무늬가 있는 검고 쪼글쪼글한 비단 하오리를 입고 계셨다. 곧 어디를 가시려는 것인지, 어떤 방에서 돌아다니고 계신 것인지 알 수가 없었다. 허리춤에서 담뱃갑과 담뱃대 케이스를 꺼내 한 대 피우는 모습이니 다실에 앉아 계신 것 같기도 한데, 어느 사이엔가 문밖으로 나왔는지 맨발에 게다를 신고 돌아다니신다. 머리에는 산호를 은행나무 잎 모양으로 깎아 엮은 줄 장식, 줄 장식과 같은 산호로 만든 구슬 장식, 진주조개가 박힌 대모갑 빗을 꽂고 있다. 머리 모양이 그렇게 자세하게 기억이 나는 데 비해 얼굴은 아무래도 확실하게 보이지 않았다. 어머니는 옛날 사람이라 키가 작아 150센티미터가 될까 말까 하니 머리만 보였는지도 모른다. 그래도 어머니임에 틀림없다는 사실은 알았다. 유감스럽게도 나를 돌아봐 주지도 않았고 말을 걸어 주지도 않았다. 나도 역시 말을 걸지 않았다. 말을 걸면 야단을 맞을 것 같아서 입을 다물었던 것인지도 모른다. 요코아미에 친척 집이 있기 때문에 그곳에 가는 중이리라고 생각했다. 이 꿈은 정말이지 딱 1분간 지속됐을 뿐 그 뒤로는 몽롱했다.

　잠에서 깨고 난 후에도 나는 반추하듯이 꿈속의 어머니 모습을 기억하려고 했다. 메이지 시대 중기인 1894년 무렵의 날씨가 좋은 어느 날, 어머니가 우리 집 문 앞을 걸어가며 어린 나를 길에서 발견한 일이 있는지도 모른다. 그리고 그러한 어느 날의 인상이 꿈에서 되살아났는지도 모른다. 하지만 이상한 것은 어머니만 젊은 모습을 하고 있고, 나는 현재의 늙은 상태였다. 나는 어머니보다 키가 커서 어머니를 내려다보았다. 그러면서도 자신을 아이라고 생각하고, 어머니를 어머니라고 생각했다. 그리고 때는 1894년 무렵의 와리게스이라고 생각했다. 원래 꿈이란 그런 것인지도 모른다.

어머니는 당신에게 조키치라는 손자가 생긴 것을 알고 있었다. 그러나 어머니는 조키치가 다섯 살 때인 1928년에 돌아가셨기 때문에 손자에게 시집을 온 사쓰코를 알 리가 없다. 내 아내조차 사쓰코와 조키치의 결혼을 그렇게 심하게 반대했으니, 그 무렵까지 어머니가 살아 계셨다면 얼마나 반대를 했을까? 아마 두 사람의 결혼은 성사되지 못했을 것이 틀림없다. 아니 처음부터 댄서 출신과의 결혼은 생각지도 못했으리라. 그런 혼사가 성사되었을 뿐만 아니라 어머니의 아들인 내가 손자며느리의 매력에 빠져 그녀에게 페팅을 허락받는 대가로 300만 엔을 투자하여 묘안석을 사 주는 사건이 있었다는 사실을 알면 어머니는 아마 놀라서 기절했을 것이다. 만일 아버지가 살아 계셨으면 나도, 조키치도 의절당했을 터다. 아니 그보다도 어머니가 사쓰코의 용모와 자태를 보신다면 어떻게 생각하실까?

어머니는 젊었을 때 미인이셨다고 한다. 나도 어머니가 미인으로 여겨지던 시절의 모습을 기억한다. 내가 열여섯 살이 되기까지는 여전히 그녀의 옛 얼굴 모습이 남아 있었다. 그 얼굴을 마음속에 떠올려 지금의 사쓰코와 비교해 보면, 정말이지 얼마나 다른지. 사쓰코도 사람들로부터 미인이라는 말을 듣는다. 조키치가 사쓰코를 아내로 삼은 주된 이유도 거기에 있었다. 어머니도 발이 아름다웠다. 그러나 사쓰코의 발을 보면 그 아름다움이 완전히 다르다. 거의 같은 종류의 인간의 발, 같은 일본인 여자의 발이라고는 생각되지 않는다. 어머니의 발은 내 손바닥 위에 올려놓을 정도로 작고 예뻤다. 그리고 그 발을 깔창이 다다미로 된 게다 위에 올려놓고 극단적인 안짱걸음을 걸었다. (그러고 보니 꿈속의 어머니는 검고 쪼글쪼글한 비단 하오리를 입었으면서 발만 버선을 신지 않았다. 나에게 일부러 맨발을 보여 주기 위해서였을까?) 메이지 시대의 여자는 미인뿐 아니라 누구나 그렇게 안짱걸음을 걸었다. 거위 걸음걸이와 같았다. 사쓰코의 발은 가자미처럼 날렵하게 가늘고 길다. 보통 일본인의 신발은 평평해서 자기 발에는 맞지 않는다고 사쓰코는 자랑스러워한다. 반대로 어머니의 발은 폭이 넓다. 나라의 삼월당(三月堂)에 모셔진 부공견색관세음보살(不空羂索觀世音菩薩)의 발을 보면, 꼭 어머니의 발처럼 느껴진다. 나는 메이지 출생이기 때문에 키가 작아 150센티미터를 겨우 넘겼지만, 사쓰코는 나보다 10센티는 더 커서 161.5센티미터다.

화장법도 옛날에는 아주 달랐고, 지금보다 훨씬 간단하기도 했다. 기혼 여자, 대개 열여덟에서 열아홉 이상이 된 여자들은 모두 눈썹을 밀고 이를 검게 물들였다. 메이지 시대도 중기 이후엔 그런 관습이 차츰 사라져 갔지만, 나의 유년 시절까지는 그랬다. 이를 물들일 때는 특유의 쇠 냄새가 났던 것을 지금도 기억한다. 지금의 사쓰코가 그런 어머니를 보면 어떤 생각을 할까? 머리카락은 파마를 하고 귀에 귀고리를 하고 입술을 연한 핑크나 펄 핑크, 커피 브라운으로 칠하고 눈썹을 그린다. 눈꺼풀에 아이섀도를 바르고 모조 속눈썹을 붙이고, 그러고도 모자라서 마스카라로 속눈썹을 길어 보이게 한다. 낮에는 다크 브라운색 연필로, 밤에는 먹에 아이섀도를 섞어서 눈가에 칠한다. 손톱 화장도 상세하게 묘사하자면 한이 없다. 같은 일본인 여자가 60여 년의 세월 동안 이렇게나 많이 변한 것일까? 생각해 보면, 내가 꽤 오랜 세월을 살았고 수없이 많은 변화를 경험했다는 사실에 스스로 놀라지 않을 수 없다. 어머니는 1883년에 낳은 당신의 아들 도쿠스케가 아직도 이 세상에 생존하여 이 사쓰코 같은 여자, 더욱이 어머니의 손자며느리, 손자의 정처인 여자에게 매력을 느끼며 한심하게도 그녀에게 괴롭힘당하는 것을 즐기고 내 아내, 내 자식들을 희생하면서까지 그녀의 사랑을 얻으려 하는 것을 어떻게 생각하실까? 어머니가 돌아가신 1928년에서 햇수로 33년 후에 아들이 이런 미치광이가 되고, 이런 손자며느리가 자신의 집안에 들어오게 되리라고 꿈에라도 생각하셨을까? 아니, 나도 일이 이렇게 되리라고는 생각지도 못했다.

....

....

12일. …… 오후 4시 무렵, 할멈과 구가코가 들어왔다. 구가코를 이 방에서 본 것은 오랜만이다. 7월 19일에 나에게 거절당하고 나서 그녀는 나한테 완전히 정나미가 떨어졌다. 할멈과 게이스케하고 가루이자와로 출발할 때도 일부러 여기에 들르지 않고 우에노 역에서 만났다. 가루이자와에서는 일부러 나와 얼굴을 마주치려 하지 않았다. 그런데 할멈과 나란히 들어온 것은 뭔가 사정이 있는 것이다.

"요전에는 아이들이 오랫동안 번거롭게 해 드렸네요."

"무슨 볼일이 있냐?"

나는 단도직입적으로 물어보았다.

"아니, 뭐 딱히요……."

"그래, 아이들도 꽤 건강해 보이더구나."

"감사해요. 덕분에 올해 방학도 아주 즐겁게 보냈어요."

"평소 잘 보지 못해서 그런가 세 명 모두 몰라볼 정도로 컸더구나."

여기에서 할멈이 끼어들었다.

"그건 그렇고, 구가코가 재미있는 이야기를 듣고 와서, 영감에게도 알려 주고 싶어서 왔어요."

"아, 그래?"

다시 뭔가 또 짜증 나는 이야기를 하러 왔구나 하고 생각했다.

"영감, 유타니 씨 기억하고 계시죠?"

"브라질에 간 유타니 말이야?"

"그 유타니 씨 아드님 아세요? 조키치 결혼식 때 아버지 대신이라고 하며 부부가 출석해 준……."

"그런 걸 어떻게 기억해? 근데 그게 어찌 되었다는 거야?"

"나도 기억은 안 나는데, 호코타하고는 비즈니스 관계상 요즘 가까이 지내서 가끔 뵙는 일이 있대요."

"그러니까 그게 어떻다는 거냐?"

"아니, 그 유타니 씨가 지난주 일요일에 근처까지 와서, 부부가 호코타의 집에 들렀대요. 지금 생각하면 그 부인이 굉장히 수다쟁이라서 일부러 그 이야기를 하러 들른 게 아닌가 싶다고 구가코가 그러더라고요."

"그 이야기라는 게 뭐야?"

"아유, 나머지 이야기는 구가코에게 들으세요."

안락의자에 앉아 있는 내 면전에 나란히 서 있던 두 사람은 이쯤 해서 소파에 털썩 앉았다. 그리고 사쓰코와 네 살밖에 차이가 나지 않는데도 벌써 아무렇게나 하고 다니는 중년의 아줌마로 보이는 구가코가 그 뒤를 이어 계속 이야기했다. 유타니 씨의 아내를 수다쟁이라고 하지만, 구가코도 수다로 치면 밀리지 않는다.

"전에 우리들이 가루이자와에서 돌아온 다음 날 밤, 지난달 25일 밤에 고라쿠엔 체육관에서 동양 페더급 타이틀 매치가 있었잖아요?"

"그런 걸 내가 어떻게 알아?"

"아유, 있었잖아요. 전 일본 팬덤 1위인 사카모토 하루오가 태국의 팬덤 1위인 실리노이 루쿠브라크리스를 녹아웃시켜 초대 챔피언이 태어난 그날 밤 말이에요."

구가코는 실리노이 루쿠브라크리스라는 이름을 유창하게 발음하며 이야기를 마쳤다. 나 같은 사람은 도저히 한 번만에 외울 수가 없다. 도무지 단숨에 말을 할 수 없다. 혀가 꼬여 버린다. 역시 수다쟁이는 다르다.

"유타니 씨 부부는 조금 일찍 가서 앞자리에 앉아 시합을 보고 있었다는데, 링 사이드에 있던 사모님 오른쪽 두 자리가 처음에는 비어 있었대요. 그런데 타이틀 매치가 막 시작될 무렵 아주 스마트한 부인 한 명이 한 손에 베이지색 핸드백을 들고 한 손에는 자동차 키를 돌리며 들어와 옆에 앉더라는 거예요. 그게 누구일 것 같아요?”

“……”

“유타니 씨 사모님은 사쓰짱을 결혼할 때 한 번 보았을 뿐, 그 후로 8년이나 지났잖아요. 그래서 상대가 자기 얼굴을 기억 못 하는 것도 무리는 아니라고 했어요. 그렇게 많은 사람들 속에 섞여 있으니, 자기 같은 사람은 처음부터 눈에 들어오지도 않았을 거라고요. 하지만 자기 입장에서는 결코 잊을 수가 없었대요. 어쨌든 사쓰코는 한 번 보면 잊을 수 없는 보기 드물게 아름다운 사람이고 결혼식 때보다 더 아름다워졌다고 하더라고요. 어쨌든 모르는 척하고 말을 안 하기는 미안해서 우쓰기 씨 댁의 작은 사모님 아니냐며 말을 붙이려고 하는데, 바로 그때 또 한 사람 모르는 남자분이 끼어들어 사쓰짱 옆에 앉았대요. 서로 아는 사이로 보였는데 사이좋게 사쓰짱과 이야기를 하기 시작해서 그만 인사를 못 했다네요.”

“……”

“아, 뭐, 거기까지는 괜찮아요. 뭐 좋을 것까지는 없지만, 그 이야기는 어머니가 말씀하시기로 하고……”

“뭐 좋을 일이 있겠어요?”

여기서 할멈이 끼어들었다.

“그건 어머니가 말씀해 주세요. 전 싫어요. 무엇보다

먼저 유타니 씨 사모님의 눈에 띈 것은 사쓰짱 손가락에서 번쩍거리는 캐츠아이였다고 해요. 자기 바로 오른쪽에 있었기 때문에 왼손에 낀 것이 분명히 보였다는 거죠. 사모님이 보기에는 같은 캐츠아이라도 그렇게 크고 멋진 보석은 흔한 게 아니라는 거예요. 아마 15캐럿 이상은 돼 보였대요. 지금까지 사쓰짱이 그런 보석을 가지고 있는 것을 어머니도 본 적이 없다고 하시고, 저도 모르는데 대체 그런 것을 언제 산 것일까요?"

"……"

"그러고 보니 기시[50] 씨가 총리였을 때, 프랑스령 인도차이나인가 어디에서 캐츠아이를 사서 문제가 된 적이 있었죠? 신문에는 그때 그 보석이 200만 엔이라고 나와 있었어요. 프랑스령 인도차이나 쪽은 보석값이 싸니까 그곳에서 200만 엔이었다면 일본에 가지고 오면 배 이상은 될 거예요. 그러면 사쓰짱의 보석도 엄청 비싸겠지요."

여기에 할멈이 또 한마디 거들었다.

"어쨌든 너무나 멋진 보석으로 엄청 반짝거렸대요. 유타니 씨 사모님도 눈이 휘둥그레져서 몇 번이나 자세히 들여다보았대요. 그러자 사쓰짱도 신경이 쓰였는지 핸드백에서 레이스 장갑을 꺼내 끼었다고 해요. 그런데 그렇게 해서 감추어 봤자 레이스 사이로 오히려 더 번쩍거리는 것이 눈에 띄었죠. 왜냐하면 그게 손으로 짠 프랑스제 레이스가 달린 장갑인 데다가 검은색이었대요. 검은색이라면 속에서 보

---

50   기시 노부스케(岸信介, 1896~1987): 일본의 정치가, 관료. 만주국 총무청 차장. 24대 상공 대신, 9기 중의원 의원, 초대 자유민주당 간사상, 86, 87대 외무 대신, 56~57대 내각 총리 대신 역임.

석이 번쩍거리는 것이 더 눈에 띈다네요. 어쩌면 사쓰짱은 그런 효과를 미리 생각해서 일부러 장갑을 끼었는지도 모르죠. 어떻게 그렇게 세세한 것까지 잘 관찰하셨느냐고 물으니, 그야 바로 오른쪽에 앉았고 왼손에 끼운 것이니 얼마든지 관찰을 할 수 있었다고, 그날 밤에는 복싱보다 그 레이스 속에 있는 손가락에 더 마음을 빼앗겨서 시합을 제대로 보지 못했다고, 사모님이 말씀하시더라고요.”

....

....

4

13일. 어제에 이어 계속.

"그러니까, 영감. 사쓰코가 그런 것을 가지고 있을 리가 없잖아요."

할멈의 추급은 여기까지 오자 갑자기 격해졌다.

"……"

"글쎄, 언제 그걸 사 주신 거예요?"

"언제 사 줬는지가 왜 중요해?"

"왜 안 중요해요? 첫째, 영감도 그렇지, 그런 큰돈을 어떻게 가지고 있어요? 구가코에게는 돈 나갈 데가 많아서 안 된다고 해 놓고서."

"……"

"돈 나갈 데라는 것이 바로 그거였군요."

"그랬군요."

할멈도, 구가코도 기가 막혀 말이 안 나온다는 표정이다.

"사쓰코에게 줄 돈은 있어도 구가코에게 줄 돈은 없다."

우선 배짱으로 나갔는데 갑자기 좋은 구실이 떠올랐다.

"당신은 내가 거처할 곳을 헐고 다시 짓겠다고 했더니 반대했잖아."

"네, 반대했지요. 당신이 불효막심한 생각을 하는데 누가 찬성을 하겠어요?"

"그러니 말이야, 아버님도, 어머님도 당신이 효부라고 저세상에서 얼마나 기뻐하시고 계시겠어. 그래서 그 집을 개축하려고 떼 놓았던 돈이 떠올랐단 말이지."

"그 돈이 생각났다고 사쓰코에게 그걸 사 줄 것까지는 없잖아요."

"좋잖아? 다른 사람에게 사 준 게 아니야. 귀한 며느리에게 보석을 사 준 거야. 부처님도 좋은 일을 했다고, 감탄할 만한 아들이라고 칭찬해 주실 거라고."

"개축 비용이라면 그것만이 아니죠? 아직 여분이 더 있죠?"

"암, 있지. 보석을 산 돈은 그 일부야."

"그럼 그 여분의 돈으론 뭘 하실 건가요?"

"어디에 쓰든 그건 내 마음이야. 쓸데없이 간섭하지 말아."

"어디에 쓰실 요량인지 물어보고 싶네요."

"글쎄, 무엇부터 만들어 줄까? 정원에 수영장이 있으면 좋겠다고 하니까 우선 수영장을 만들어 줄까? 그러면 얼마나 기뻐할까?"

할멈은 아무 말도 하지 않았다. 눈이 휘둥그레져서 입을 다물었다.

"수영장을 그렇게 빨리 만들 수 있어요? 벌써 가을이

잖아요."

구가코가 말한다.

"콘크리트를 말리는 데 시간이 걸려서 이제부터 공사를 시작해도 완성하는 데 4개월은 걸린대. 사쓰코가 싹 조사를 했어."

"완성이 되면 겨울이겠네요."

"그러니까 특별히 서두르지는 않아. 천천히 착수해서 내년 3~4월 무렵에 완성하면 되는데, 조금이라도 빨리 완성을 해서 기뻐하는 모습을 보고 싶구나."

이 말에 구가코도 입을 다물어 버렸다.

"게다가 사쓰코는 보통 가정에 있는 것 같은 좁은 수영장은 싫대. 적어도 세로 20미터, 폭 15미터는 되길 바란대. 그렇지 않으면 주특기인 싱크로나이즈드 스위밍을 하기 힘들지. 혼자서 그것을 연기해서 내게 보여 주고 싶다고 하더군."

"그래도 그건 잘됐네요. 우리 집에 수영장이 생기면 게이스케도 좋아할 테고……."

구가코가 말하자 할멈도 말했다.

"게이스케를 생각하는 엄마가 아니니까. 학교 숙제도 아르바이트 학생에게 맡겨 버리고 신경을 안 쓴다고. 할아버지까지 그러니 우리 집 애들은 가엾다니까."

"하지만 수영장이 생긴 이상 게이스케도 수영장으로 뛰어들 거야. 쓰지도 애들도 그것은 쓰게 해 주세요."

"그럼 물론이지. 얼마든지 수영하러 오너라."

엉뚱한 곳에서 복수를 당하고 말았다. 설마 게이스케

나 쓰지도의 개구쟁이들에게 사용하지 말라고 할 수도 없었다. 그러나 7월 하순까지는 학교 수업이 있고 8월이 되면 가루이자와로 쫓아 버리면 된다. 오히려 문제는 하루히사다.

"그런데 수영장을 만드는 데 비용은 얼마나 들어요?"

이 질문은 당연히 각오한 바지만, 엄마도 딸도 그만 정신이 없는 통에 중요한 질문을 잊고 있었다. 나는 안도의 한숨을 쉬었다. 그뿐만이 아니다. 할멈과 구가코의 의도는 이런 식으로 자근자근 다그쳐 우선 캐스아이 건을 자백하게 해서 나를 찍소리도 못 하게 한 뒤에 사쓰코와 하루히사의 관계를 언급할 생각이었음에 틀림이 없다. 그러자면 사건이 너무 심각해져서 섣불리 말 못 하고 주저하던 참에 나의 고압적인 태도가 심상치 않자 결국 말을 꺼내지 못했던 것 같다. 그러나 조만간 문제 삼지 않으면 안 될 것이다. ……

13일은 대길일이다. 저녁때부터 조키치 부부는 친구의 결혼식에 갔다. 부부가 같이 외출하는 것은 요즘엔 드문 일이다. 조키치는 턱시도, 사쓰코는 외출복. 9월이라고는 하지만 아직 더워서 양장을 하면 좋을 텐데 왜인지 사쓰코는 기모노 차림이다. 그것도 요즘엔 드문 일이다. 주름을 작고 단단하게 짠 쪼글쪼글한 흰 견직 단에 도안화한 나뭇가지를 먹의 농담으로 표현하고 주위를 엷은 파랑으로 그림자처럼 덧그린 것을 입고 있다. 섶에도 푸른 속감이 얼핏 보인다.

"어때요, 아버님. 한번 봐 주셨으면 해서 왔어요."

"저쪽을 한번 보렴. 한 바퀴 휘 돌아 봐."

허리띠는 엷은 코발트색 실에 은사를 살짝 섞어 짠 얇은 비단 바탕에 누런 실과 금사로 겐잔[51]식 도화(陶畫)를 짜 넣은 물건이다. 매듭을 좀 작게 묶고 나머지를 보통보다 길게 늘어뜨렸다. 매듭에 대어 뒤에서 앞으로 돌려 매는 오비아게는 흰색에서 엷은 분홍색으로 바림한 얇고 성긴 비단이다. 위에 두르는 오비시메는 금사와 은사를 새끼처럼 꼰 것이다. 반지는 벽옥 비취. 작고 흰 비즈 핸드백을 왼손에 들고 있다.

"가끔 기모노를 입는 것도 나쁘지 않군. 귀고리나 목걸이를 하지 않은 게 세련됐구나."

"아버님 꽤 센스 있네."

사쓰코의 뒤에서 오시즈가 조리[52] 상자를 들고 들어와서, 신을 꺼내 그녀 앞에 가지런히 놓았다. 슬리퍼를 신고 온 사쓰코는 일부러 내 눈앞에서 조리를 신어 보인다. 조리는 은색 실로 엮은 삼단 높이로, 끈 속에만 분홍색을 사용했다. 조리가 아직 새것이라 발가락 부분이 좀처럼 들어가지 않는다. 오시즈가 쭈그리고 앉아 거드느라 진땀을 뺐다. 겨우 신고는 한두 걸음 걸어 보인다. 그녀는 버선을 신었을 때 복사뼈의 돌기 부분이 눈에 띄지 않는 것을 자랑스러워한다. 아마 그래서 기모노를 입고 그것이 보이도록 내 면전에 나타났을 것이다. ⋯⋯

16일. 요즘 매일 폭염이 계속된다. 9월도 중순이나 되었는데 이렇게 더운 것은 이상하다. 그래서 그런지 다리가 몹시 무겁고 부어 있기도 하다. 부종은 정강이보다 발등이

---

51   오가타 겐잔(尾形乾山, 1663~1743): 에도 시대의 도공, 화가.
52   조리(草履): 일본식 슬리퍼.

더 심해서 뒤꿈치 근처를 손가락으로 눌러 보니, 심하게 푹 들어간다. 그리고 언제까지고 푹 들어간 것이 되돌아오지 않는다. 왼발의 네 번째 발가락과 다섯 번째 발가락이 완전히 마비되었다. 그리고 안쪽이 포도알처럼 부어올랐다. 무거운 것은 장딴지나 복사뼈 위 근처도 심하지만, 발바닥이 가장 심하다. 뭔가 철판 같은 무거운 것이 발바닥에 찰싹 달라붙은 느낌이다. 이것은 왼발만 그런 것이 아니라 좌우 양쪽 모두 그렇다. 걸으면 두 다리 정강이가 묘하게 서로 얽혀 걸을 수 없게 된다. 나막신을 신으려고 마루에서 내려올 때 한 번에 제대로 신어 본 적이 없다. 반드시 비틀거리다가 댓돌에 발을 떨어뜨리고 때로는 땅바닥을 짚어 발바닥이 더러워진다. 이와 같은 경향은 예전부터 있었지만 최근에 특히 더 현저해졌다. 사사키가 걱정을 하며 매일 나를 눕혀 놓고 무릎을 서로 꼬며 각기병 검사를 하는데 그것도 아니라고 한다.

"스기다 선생님을 오라고 해서 면밀히 살펴봐야 해요. 심전도 검사도 한동안 하지 않았으니까 검사할 필요가 있어요. 아무래도 이 부종은 신경이 쓰여요."

오늘 아침에 또 사건이 하나 있었다. 사사키에게 손을 잡혀 정원을 산보하는데, 우리 속에 있어야 할 스코틀랜드산 양치기 개 콜리가 뭐가 어떻게 잘못되었는지 뛰쳐나와 갑자기 나에게 덤벼들었다. 콜리는 장난을 할 생각이었겠지만, 느닷없이 달려들어 깜짝 놀랐다. 마치 맹수가 나타난 것 같은 느낌이었다. 저항할 새도 없이 단숨에 잔디 위에 벌러덩 나자빠졌다. 크게 아프지는 않지만, 후두부를 쿵 하고 부딪혀 뇌가 울렸다. 일어나려 했지만 바로 일어나지 못

하고 지팡이를 주어서 그것을 짚고 일어나기까지 몇 분이나 걸렸다. 개는 나를 쓰러뜨리고 나서는 사사키에게 장난을 쳤다. 사사키가 으악 으악 하고 소리 지르는 것을 듣고 사쓰 코가 네글리제 차림으로 달려왔다.

"레슬리, 이 녀석!"

사쓰코가 야단을 치며 노려보자 콜리는 금세 유순해져 서 사쓰코 뒤에서 꼬리를 흔들며 개집으로 가 버렸다.

"어디 다치신 데는 없어요?"

일어선 나의 유카타[53] 자락을 털며 사사키가 말했다.

"다치지는 않았는데 저렇게 큰 것이 달려들면 비틀거 리는 노인은 어쩔 도리가 없군."

"넘어지신 곳이 잔디 위라서 정말 다행이에요."

나도 조키치도 원래 개를 좋아해서 예전에 개를 기른 적 이 있다. 그러나 에어델 테리어니 닥스훈트니 스피츠니 하는 작은 개만 길렀다. 큰 개를 기르게 된 것은 조키치가 아내를 맞이하고 나서다. 아마 결혼 후 반년 정도 지나서였을 것이 다. '보르조이를 길러 보고 싶다.'라고 조키치가 말을 꺼내고 얼마 안 있어 멋진 놈을 한 마리 데려왔다. 그리고 조련사를 고용하여 매일 쉼 없이 훈련을 시켰다. 먹이 주기, 목욕시키 기, 빗질하기 등 보통 손이 가는 게 아니라 할멈을 비롯하여 식모들까지 불평이 끊이지 않았지만 누가 뭐라 해도 조키치 가 실행한 것이 당시 일기에 기록되어 있다. 하지만 나중에 생각해 보니, 그것은 조키치의 의지가 아니라 사쓰코가 남편

---

53 유카타(浴衣): 목욕을 한 뒤 또는 여름철에 입는 무명 홑옷.

을 조른 결과였는데 처음엔 그런 줄을 몰랐다. 2년 후에 그 보르조이는 성급한 기질로 뇌증(腦症)에 걸려 죽었는데 이번에는 사쓰코가 본색을 드러내고 보르조이 대신 그레이하운드를 길러 보고 싶다고 직접 말을 꺼내 개 분양점에 주문하여 데려오게 했다. 그녀는 그 개의 이름을 쿠퍼라고 짓고 총애하기가 이만저만이 아니었다. 노무라에게 운전을 시키고 쿠퍼와 동승해서 시내를 돌아다니거나 여기저기 끌고 다녀서, 작은 사모님은 게이스케 도련님보다 쿠퍼를 더 예뻐하신다는 말을 들을 정도였다. 하지만 그 그레이하운드는 나이가 든 것을 데려온 것인지 얼마 안 있어 사상충 때문에 장기에 물이 차서 죽고 말았다. 그리고 세 번째로 데려온 것이 이번에 내게 달려든 콜리다. 혈통서에 의하면 이 개는 런던 태생으로 아비가 레슬리라는 이름을 가지고 있었기 때문에 그 새끼도 같은 이름으로 부르게 되었다. 이러한 일들도 당시 일기에 자세히 적혀 있을 것이다. 레슬리도 사쓰코의 총애를 받기로는 쿠퍼 못지않았지만, 아마 구가코가 몰래 할멈을 부추겼는지 콜리 같은 큰 개는 기르지 않는 편이 좋다고, 그런 의견이 2~3년 전부터 가정 내에 슬금슬금 대두하기 시작했다.

당신도 2~3년 전까지는 아직 수족이 어느 정도 건강해서 큰 개가 달려들어도 걱정할 일이 없었지만, 지금은 사정이 다르다. 개든 고양이든 달려들면 맥없이 쓰러져 버리리라. 우리 집 정원에 잔디가 다 깔린 것은 아니다. 언덕길도 조금 있고, 계단이나 돌다리도 있다. 만약 그런 곳에서 넘어져 재수 없게 안 좋은 곳을 부딪히면 어떤 일이 일어나겠는가. 사실 누구누구 씨 댁 노인은 셰퍼드가 발밑에 와서 달려

들었는데 그만 넘어져서 크게 다쳤고, 3개월이나 입원했는데도 여전히 깁스를 하고 있다. 그러니 콜리는 그만 기르라고 당신이 말씀하시라. 나도 모르는 척하고 이야기는 하겠지만, 내가 말을 하면 사쓰코는 듣지 않을 테니까. 할멈이 이렇게 호소했다.

"하지만 저렇게 좋아하는 것을 기르지 말라는 것도 안 됐고……."

"그런 말씀을 하셔 봤자 영감 몸보다 중요한 것이 어디 있겠어요?"

"일단 키우지 말라고 해도 그렇게 큰 것을 어떻게 하겠나?"

"누군가 개를 좋아해서 키울 사람이 있을 거예요. 꼭 있을 거예요."

"강아지라면 몰라도 그렇게 큰 것은 기르기 힘들다니까. 게다가 나도 레슬리가 싫지 않아."

"영감은 사쓰코에게 눈총을 받는 게 무서운 거죠? 얼마 안 있어 크게 다쳐도 괜찮다는 거예요?"

"그럼 당신이 말하면 되잖아. 그래서 사쓰코가 말을 들을 것 같으면 난 아무 말 안 할 테니까."

하지만 실은 이런 상황에서 할멈도 말을 하지 못할 터다. 그렇지 않아도 '작은 사모님'의 권력이 나날이 '뒷방 할멈'을 넘어서는데, 개 한 마리 처치하려다가 그게 꼬투리가 되어 큰 싸움이 일어날지도 모른다. 그것을 생각하면 섣불리 싸움을 시작할 수도 없다. 솔직히 말하자면 나도 레슬리가 별로 좋지는 않다. 잘 생각해 보니 사쓰코 앞에서 좋아하는 척한 데에 지나지 않는다는 사실을 스스로 자각할 때가 있다. 그녀가 레슬리와 동승을 하고 외출하는 모습을 보면 어쩐지 기분이 좋지 않다. 조키치와 동승하는 것이라면 당연한 일이고 하루히사하고도 어쩔 수 없다며 체념하겠지만 개라면 질투조차 할 수 없으니 그만큼 더 화가 난다. 그런 주제에 이 개는 얼굴 생김새가 귀족적이라 고결한 느낌마저 난다. 토인 같은 하루히사보다 용모가 더 수려하다고 할 수 있을지도 모른다. 사쓰코는 그것을 자기 좌석 옆에 몸을 딱 밀착시켜 앉힌다. 그것이 목에 매달려 볼을 문지르는데도 그대로 하게 두고 달린다. 그 정도면 지나가다 보는 사람들도 기분이 나쁠 것이다.

"밖에서는 저 정도는 아니에요. 영감님께서 보고 계실 때만 자주 그렇게 해요."

노무라는 위로하듯 말하지만, 그렇다면 이것도 나를 놀릴 생각으로 그러는지도 모른다.

그러고 보니 나는 사쓰코에게 아부하는 마음으로 그녀 앞에서 마음에도 없이 레슬리에게 다정하게 말을 걸고 우리 밖에서 과자를 던져 준 적이 있었다. 그러자 사쓰코는 정색을 하며 나를 야단쳤다.

"뭐 하시는 거야, 아버님. 과자 같은 것 함부로 주지 마. 자, 보라고. 훈련을 제대로 받아서 아버님이 던져 주신 것은 안 먹잖아."

그러면서 그녀는 자기만 우리 안에 들어가서 일부러 여봐란듯이 레슬리를 애무하고 키스라도 할 듯이 볼을 비비며, '질투 나지?'라고 하듯, 생긋 웃었던 일이 기억났다.

그녀의 환심을 사기 위해서라면 부상을 당해도 억울하지 않다. 그 부상이 원인이 되어 죽음을 초래하더라도 오히려 바라는 바다. 하지만 그녀에게 짓밟혀 죽는 것이 아니라 그녀의 개에게 짓밟혀 죽는다면 그것은 견딜 수가 없다.
……

오후 2시에 스기다 씨가 왕진을 왔다. 오늘이 아니라도 괜찮았지만, 개 사건을 사사키가 즉시 알린 것이다.

"큰일 날 뻔하셨다고요."

"아, 뭐, 별일 아닙니다."

"어쨌든 보여 주십시오."

눕혀 놓고 팔다리와 허리 등을 자세히 검사한다. 어깨나 팔꿈치, 무릎이 류머티즘처럼 아픈데 그것은 전부터 그랬던 터라 레슬리의 탓은 아니다. 다행히 레슬리로부터는 아무 피해도 입지 않은 것 같다. 스기다 씨는 심장을 몇 번이나 진찰해 보고, 등을 살피고, 십호흡을 시키고 휴대용 심전계로 심전도를 쟀다.

"특별히 걱정스러운 점은 없는 것으로 생각됩니다. 돌아가서 나중에 결과를 보고드리겠습니다."

밤이 되어서야 보고가 있었다.

"심전도 결과 역시 특별한 것이 없습니다. 연세가 있으시니 다소의 변화는 어쩔 수 없습니다만, 전에 쟀을 때와 비교하면 큰 이상은 없습니다. 그보다 신장 검사를 한번 받아 보실 필요가 있습니다."

24일. 사사키가 오늘 저녁부터 아이를 만나러 가게 해 달라고 한다. 지난달에 가고 못 갔기 때문에 허락을 안 해 줄 수 없다. 내일 오전 중에는 돌아오겠지만, 공교롭게도 내일은 일요일이다. 사사키에게는 토요일부터 일요일에 걸쳐 집에 가는 편이 안정적으로 아이들을 만날 수 있어서 편리하겠지만, 내 입장에서는 사쓰코가 뭐라고 할지 물어볼 필요가 있다. 할멈은 7월 이후 사사키가 없을 때 내 수발을 못 들겠다고 한다.

"괜찮지 않아요? 모처럼 기대하고 있으니 사사키를 보내 줘."

"자네는 그러는 편이 좋은가?"

"왜 그런 걸 묻지?"

"내일은 일요일이잖아."

"응, 알아. 그게 뭐 어쨌다는 거지?"

"자네는 아무래도 괜찮다고 할지 모르겠지만, 조키치는 요즘 계속 여행만 하고 있잖아."

"그게 뭐 어때서요."

"모처럼 토요일, 일요일에 집에 있으니까 하는 말이지."

"그러니까 그게 어떻다고?"

"가끔은 자기 집에서 아내와 함께 느긋하게 늦잠을 자고 싶을 것 아니냐?"

"불량 아버지라도 때로는 아들을 생각하는 마음이 드나 보네."

"속죄하자는 거지?"

"쓸데없이 신경 쓰기는. 조키치 입장에서는 별로 반갑지 않은 호의라고 할 거야."

"어떨까?"

"됐어요. 그런 걱정은 하지 않아도. 오늘 밤에는 사사키 씨 대신 내가 제대로 돌봐 드릴게. 아버님은 아침에 일찍 일어나니까, 일어나고 나서 그리로 갈게."

"한참 자고 있는데 들어가서 잠을 깨우면 그것도 불쌍하겠군."

"뭘요, 안 자고 기다릴 거예요."

"이것 참, 한 방 맞았군."

밤 9시 반에 입욕, 10시 취침. 늘 그렇듯이 그녀를 위해 오시즈가 등나무 소파를 들고 왔다.

"또 그런 데서 잘 건가?"

"뭐든 상관없으니 아버님은 아무 말 말고 주무셔."

"등나무 소파 같은 데서 자면 감기에 걸려."

"감기에 걸리지 않게 모포를 많이 가져오게 할게. 오시즈가 만사 다 알아서 하니 오시즈에게 맡기면 돼."

"감기에 걸리게 하면 조키치에게 미안하니까 그렇지. 아니, 조키치에게만 미안한 게 아니지."

"시끄러워. 또 아달린이 먹고 싶다는 표정이네."

"두 알로는 안 들을지도 몰라."

"거짓말 마셔. 지난달에도 두 알이 바로 들었어. 먹었나 싶었는데 이미 죽은 듯이 잠들었더라고. 입을 떡 벌리고 침을 흘리면서 말이야."

"아마 칠칠하지 못한 표정을 짓고 있었겠지?"

"상상에 맡길게. 하지만 아버님, 나랑 잘 때는 왜 틀니를 빼지 않는 거야? 평소 빼고 자는 것 정도는 나도 아는데."

"밤에 잘 때는 빼놓는 것이 편하지만, 빼면 너무 늙고 추한 얼굴이 그대로 드러나서 말이야. 할멈이나 사사키한테는 보여 줘도 되지만."

"내가 본 적이 없을 거라고 생각하시는 거야?"

"있어?"

"작년에 경련을 일으켰을 때 한나절 혼수상태로 계셨잖아."

"그때 봤어?"

"틀니야 있으나 없으나 마찬가지야. 감출수록 더 이상해."

"감출 생각은 없지만, 다른 사람을 불쾌하게 하고 싶지 않아서."

"빼지 않으면 감출 수 있다고 생각하다니, 이해가 안 돼."

"그럼 뺄게. 자, 봐. 이런 얼굴이라고."

나는 침대에서 일어서서 그녀 앞으로 가서, 얼굴을 바싹 갖다 대고 턱이 달린 틀니를 위아래 모두 빼낸 뒤 나이트 테이블 위에 있는 틀니 상자에 넣었다. 그리고 일부러 위아래 잇몸을 꽉 다물어 얼굴 크기를 최대한 작게 쪼그라들게 해서 보여 주었다. 코가 납작코가 되어 입술 위에 매달렸다. 침팬지 얼굴도 이보다는 나을 것이다. 나는 위아래 잇몸을 몇 번이고 붙였다 뗐다 하며 노란 혀를 입 밖으로 날름날름 내밀어 보이고, 한껏 그로테스크한 모습을 보여 주었다. 사쓰코는 그 얼굴을 가만히 들여다보다가, 나이트 테이블 서랍에서 손거울을 꺼내 그것을 내게 내밀며 말했다.

"그런 얼굴 내게 보여 줘 봤자 아무렇지도 않아. 그보다 자신의 얼굴을 직접 본 적 있어? 없으면 보여 드릴게. 자, 이런 얼굴이야."

사쓰코는 그렇게 말하며 내 얼굴 앞에 거울을 갖다 놓았다.

"어때? 이 얼굴?"

"참, 뭐라 말할 수 없이 늙고 추한 얼굴이군."

나는 거울 속의 얼굴을 보고 난 다음 사쓰코의 자태를 보았다. 아무리 봐도 이 둘이 같은 종류의 생물이라고는 믿기지 않았다. 거울 속 얼굴을 추악하다고 생각하면 할수록, 사쓰코라는 생물은 더욱더 한없이 우수해 보였다. 나는 거울 속 얼굴이 더 추악해지면 사쓰코가 지금보다 더 우수해 보였을 텐데, 하며 유감스러워했다.

"자, 이제 자요, 아버님. 어서 저리 가 줘."

"아달린을 가져다줬으면 좋겠어."

나는 내 침대로 돌아가며 말했다.

"오늘 밤에도 잠이 안 와?"

"자네와 함께 있으면 항상 흥분이 돼."

"그런 얼굴을 보고 흥분하는 일은 없겠지."

"그런 얼굴을 보고 자네 얼굴을 보면 견딜 수 없이 흥분이 돼. 이런 심리를 자네는 모를 거야."

"모르지."

"요컨대 내가 추악하면 추악할수록 자네 얼굴이 정말이지 어찌할 수 없을 만큼 아름다워 보여."

내 말을 건성으로 듣던 그녀는 아달린을 가지러 갔다.

그리고 미제 담배 쿨을 한 개비 손에 들고 돌아왔다.

"자, 입을 아 하고 벌려 봐. 습관이 되면 안 되니까 오늘도 두 알이야."

"입으로 먹여 주지 않으려나?"

"얼굴 꼴을 생각하고 말씀하셔야지."

그래도 손으로 집어서 넣어 주었다.

"흠, 자네 언제부터 담배를 피웠지?"

"요즘 2층에서 가끔씩 몰래 피워."

손안에서 라이터가 빛난다.

"피우고 싶지 않지만 이것도 일종의 액세서리야. 오늘 밤에는 방금 전에 약을 먹여 주었으니 입가심을 해야지."

……………………………………………………………
……………………………………………………

28일. …… 비가 오는 날은 팔다리가 더 안 좋아져서 비가 오기 전날부터 전조가 있는데 오늘은 아침에 일어날 때부터 손도 더 저리고 다리도 더 붓고 심하게 뒤틀렸다. 비가 와서 정원에는 나갈 수 없지만 복도를 산책하는 것만 해도 쉽지가 않다. 휘청휘청하다 곧 쓰러질 것 같아서 툇마루에서 떨어지지나 않을까 걱정했다. 팔이 저린 것은 팔꿈치에서 어깨 근처까지 올라갔고 이대로 반신불수가 되는 것은 아닌가 하는 생각마저 들었다. 저녁 6시 무렵부터 팔이 더 심하게 시려 왔다. 마치 얼음 속에 잠긴 것처럼 무감각해졌다. 아니 무감각하다고는 하지만 시린 것도 이 정도가 되니 통증처럼 느껴졌다. 그런데도 다른 사람이 만져 보면 차갑지 않은, 보통의 따뜻한 팔이었다. 본인만 견딜 수 없을 만큼 차갑게 느껴진다. 전에도 종종 이렇게 차가웠던 경험이 있기는 하다. 대개 한겨울에, 아주 추울 때 그렇게 되는 경우가 많았지만, 꼭 겨울에만 그런 것은 아니다. 하지만 오늘처럼 9월에 이런 일이 생긴 것은 드문 일이다. 예전 경험에 따르면 이렇게 차가울 때는 커다란 타월을 뜨거운 물에 담궜다가 손끝부터 팔 전체를 감싸고 그 위를 두꺼운 플란넬로 감싼 뒤 그 위에 백금 난로를 두 군데 정도 갖다 댄다. 그래도 십 분 정도 지나면 식어 버리기 때문에 머리맡에 뜨거운 물을 가져다 놓고 다시 뜨겁게 해서 감싼다. 그런 처치를 대여섯 번 반복한다. 뜨거운 물은 금방 식기 때문에 끊임없이 주전자에 담아 와 세면기에 갖다 붓는다. 지금도 그 방법을 반복하여 시린 기운이 어느 정도 겨우 가셨다.

5

29일. 어젯밤 장시간 동안 뜨거운 물에 손을 담근 덕분에 통증이 조금 가서서 편안히 잠잘 수 있었다. 하지만 새벽에 눈을 뜨니 다시 아프기 시작했다. 비는 그치고 하늘은 맑게 개었다. 몸만 건강하다면 이렇게 화창한 가을날이 얼마나 상쾌하게 느껴질까. 나도 4~5년 전까지는 그런 상쾌한 맛을 만끽했는데, 하고 생각하니 분하고 화가 치민다. 돌신세 알 복용.

오전 10시. 혈압을 쟀다. 최고 혈압 105, 최저 혈압 58로 떨어짐. 사사키가 권해서 크래커 2개에 크래프트 치즈 소량을 얹어서 먹고, 홍차를 한 잔 마셨다. 그리고 약 20분 후에 한 번 더 재 보았다. 최고 혈압 158에 최저 혈압은 92를 웃돌았다. 단시간 내에 혈압의 변동이 이렇게 심한 것은 좋지 않다.

"그렇게 꼬박꼬박 쓰지 않아도 괜찮지 않으세요? 또 아플까 봐 걱정됩니다."

내가 일기를 쓰는 모습을 보고 사사키가 말했다. 일기

내용을 읽히지는 않겠지만, 이렇게 빈번하게 간호사가 필요한 일이 생기게 되리라고 사사키가 알아차려도 어쩔 수 없다. 조만간 먹을 갈아 달라고 할지도 모른다.

"조금 아프기는 해도 이렇게 해야 기분 전환이 돼. 아파서 참을 수 없게 되면 그만둘게. 지금은 일을 하는 것이 좋아. 저쪽으로 가 줘."

오후 1시부터 낮잠. 한 시간 정도 꾸벅꾸벅 졸았다. 눈을 떠 보니 땀을 흠뻑 흘렸다.

"이런, 감기 걸리시겠어요."

사사키가 다시 들어와서 땀에 젖은 거즈 속옷을 갈아입혀 주었다. 이마와 목 언저리가 불쾌하게 끈적끈적했다.

"돌신이 좋기는 하지만 이렇게 땀을 흘리는 것은 질색이야. 뭐 다른 약은 없나?"

오후 5시에 스기다 씨가 왕진. 약을 끊어서 그런지 다시 격통이 시작되었다.

"돌신은 땀이 나서 싫으시답니다."

사사키가 스기다 씨에게 호소했다.

"곤란하네요. 아무래도. 종종 말씀드린 것처럼 이 통증은 중추 신경 쪽 원인이 2~3부, 나머지 6~7부는 경추의 생리적 변화로 인한 신경통이라고 뢴트겐 검사 결과 진단되었습니다. 이것을 고치기 위해서는 깁스 침대나 견인법으로 신경의 압박을 제거하는 수밖에 없는데, 그러기 위해서는 3~4개월 견디셔야 합니다. 연세가 있으셔서 그것을 견디기 힘들다고 말씀하시는데 그것도 무리는 아닙니다. 하지만 그렇게 되면 결국 약으로 잠깐씩 억제하는 수밖에 방법이 없습니다. 약은 여러 가지 있으니까, 돌신도 노블론도 싫다 하시면, 일단은 파로틴 주사라도 놓아 보죠. 잠깐은 고통을 견딜 수 있으리라 사료됩니다."

주사를 맞은 결과 약간 가벼워졌다.……

10월 1일. 손의 통증이 가시지 않는다. 통증은 소지와 약지가 가장 심했으며 엄지 쪽으로 갈수록 가벼워졌지만, 점차 손가락 전체로 퍼졌다. 손바닥뿐만 아니라 손목에서 손가락으로 이어지는 척골의 경상 돌기 및 요골[54] 돌기까지 아팠다. 특히 손목을 빙글빙글 돌리려고 하면 아파서 제대로 돌아가지 않는다. 마비는 손목 쪽이 가장 심해서 손이 돌아가지 않는 느낌이 든다. 어디까지를 마비라 하고 어디까지를 통증이라 해야 할지 구별이 가지 않는다. 오후와 야간에 파로틴 주사를 두 번 맞았다.……

2일. 통증이 멈추지 않아 사사키가 스기다 씨와 상담하여 진통, 진정제 잘소브로캐논 주사.……

4일. 노블론 주사는 싫어서 좌약 시도. 별 효과 없음.……

9일. 4일 이후 오늘까지 거의 계속 아파서 일기를 쓸 기운도 없었다. 침실에 누운 채로 지냈고, 사사키가 매일 옆에 붙어 간호를 했다. 오늘은 그래도 좀 기운이 나서 조금

---

54   팔꿈치 아래 두 뼈 중 바깥쪽 즉 엄지손가락 쪽은 요골, 안쪽 즉 새끼손가락 쪽은 척골이라 함.

써 봐야겠다는 생각이 들었다. 과거 닷새간 실로 여러 가지 주사를 맞고 약을 먹었다. 해열제 피라비탈, 이루가피린, 그리고 또 파로틴, 이루가피린 좌약, 도리덴, 진정제 브로발린, 녹턴 등, 복용한 약 이름을 사사키에게 가르쳐 달라고 했는데, 이것들 말고도 더 있을지 모른다. 도저히 한 번에 외울 수가 없다. 도리덴과 브로발린, 녹턴은 진정제가 아니라 수면제다. 그렇게 쉽게 잠을 잘 잤던 나도 요즘 통증으로 잠을 이루지 못해 각종 수면제를 사용하고 있다. 할멈과 조키치가 가끔씩 들여다보러 왔다.

5일 오후. 통증이 가장 격심했던 날이다. 할멈이 처음으로 병실을 찾아와서 말했다.

"사쓰코가 찾아뵈어야 하나 어쩌나 하던데……"

"……"

"찾아뵙는 것이 좋지 않을까, 이럴 때야말로 네 얼굴을 보시면 조금이라도 통증을 잊으실 거라고 하긴 했지만요."

"바보같이!"

나는 갑자기 고함을 질렀다. 무슨 까닭으로 고함을 질렀는지 자신도 알 수가 없었다. 이런 한심한 모습을 그녀에게 보여 주면 곤란하다고 생각한 순간 이런 말이 나온 것인데, 솔직히 말하면 와 주었으면 하는 마음이 없는 것은 아니다.

"아, 사쓰코가 찾아오면 안 되는군요?"

"사쓰코만 그런 게 아냐. 구가코도 보러 오겠다고 하면 오지 말라고 할 거야."

"그야 이해가 가요. 아무리 편찮으시다고 해도 겨우 손이 아픈 정도니까 걱정할 것 없다고, 너는 가지 말라고 얼마

전에도 구가코를 돌려보냈어요. 구가코는 울었지만요."

"울 일이 뭐가 있다고."

"이쓰코도 오겠다는 것을 억지로 말렸어요. 하지만 사쓰코는 괜찮지 않나요? 왜 사쓰코를 싫어하시는 거죠?"

"한심하고 멍청하긴. 누가 싫다고 했어? 싫어하는 게 아니라 너무 좋아해. 너무 좋아해서 이럴 때 만나고 싶지 않다는 거야."

"아, 그런 것이군요. 참 눈치도 없었네요. 하지만 뭐 너무 화내지 마세요. 화내는 것이 몸에 가장 안 좋으니까요."

할멈은 애를 어르는 듯한 투로 이야기하고는 도망치듯이 나가 버렸다. 나는 갑자기 할멈에게 허를 찔려 낭패하자 어색해서 공연히 화를 낸 것이었다. 할멈이 나가 버리고 나서 혼자 조용히 생각해 보니 그렇게 화를 내지 않았어도 될 것을, 사쓰코가 할멈에게 그 이야기를 들으면 어떻게 생각을 할까 하고 자꾸만 신경이 쓰였다. 그녀는 내 속마음을 구석구석 다 들여다보기 때문에 설마 나쁘게 받아들이리라고는 생각하지 않지만 말이다. ……

나는 오늘 오후 문득 이런 생각을 했다. 나는 오늘 밤부터 필시 아플 것이다. 다시 아프기를 기대하는 것 같지만, 통증이 가장 심해졌다고 생각할 때 사쓰코를 부른다. 나는 "사쓰코, 사쓰코 아파, 아파, 좀 도와줘!"라고 하며 어린아이처럼 울고불고한다. 사쓰코가 기겁하며 들어온다. "이 늙은이 정말로 우는 것일까? 무슨 속셈인지 뻔하잖아."라고 경계를 하며, 시치미를 뚝 떼고 겉으로는 놀라는 척하며 들어온다. "나는 사쓰코한테만 볼일이 있어, 다른 사람한테는 볼일이 없어!"라고 울부짖으며 사사키를 쫓아내 버린다. 그렇게 해서 둘만 남게 되면 과연 어떤 일이 벌어질까?

"아프잖아, 도와 달라는 말이야."

"네, 네. 아버님 내가 어떻게 해 드릴까? 뭐든지 해 드릴 테니까, 말씀만 해."

이렇게 나와 준다면 딱 좋겠지만, 쉽사리 그렇게 나올 것 같지는 않다. 어떻게든 그렇게 하도록 유도할 방법은 없을까?

"키스를 해 주면 아픈 것을 잊을 것 같아."

"발 가지고는 안 돼."

"네킹도 안 돼."

"진짜 키스가 아니면 안 돼."

이런 식으로 있는 대로 떼를 쓰며 우는소리를 하고, 비명을 질러 보면 어떨까? 천하의 그녀라도 굴복하지 않을까? 2~3일 안에 한번 실행해 볼까? '통증이 가장 심해졌다고 생각할 때'라고 했지만 진짜로 아플 때가 아니라도 괜찮다. 아픈 척을 하면 된다. 다만 이 수염만큼은 면도를 해 두고 싶다. 4~5일간 면도를 하지 않아서 얼굴이 온통 수염투성이가 되었다. 이런 상태가 환자 같아서 오히려 더 효과적이기는 하지만 키스할 경우를 생각하면 이렇게 수염이 덥수룩해서는 유리하지 않다. 역시 틀니는 빼 두어야지. 그리고 입속은 표시 나지 않게 청결하게 해 두어야지. ……

그럭저럭하는 사이에 오늘도 저녁부터 아프기 시작했다. 이제 아무것도 쓸 수가 없다. ……붓을 내던지고 사사키를 불러야지.

10일. 이루가피린 0.5시시 주사 한 대. 오랜만에 현기증이 났다. 천장이 빙글빙글 돌고 기둥 하나가 두세 개로 뒤섞여 보인다. 5분 정도 이어지다가 평상시로 돌아왔다. 뒷덜미에 중압감이 느껴진다. 루미날 0.1을 3분의 1 정도로 쪼개 복용하고 잠.

11일. 고통은 어제와 큰 차이가 없다. 오늘은 노블론 좌약을 사용. ……

12일. 돌신 세 알 복용. 늘 그렇듯이 땀이 흠뻑 남. ……

13일. 오늘 아침은 좀 편안하다. 이럴 때 서둘러 어젯밤의 일을 적어 두겠다.

밤 8시에 조키치가 병실을 들여다보러 왔다. 그 아이도 요즘에는 애써 저녁 일찍 귀가하려고 노력한다.

"어떠세요, 좀 좋아지셨어요?"

"좋아지기는커녕 점점 더 나빠지기만 하는구나."

"그래도 면도를 해서 깔끔해지셨네요."

사실 나는 손이 아파서 면도기조차 마음대로 사용하지 못하는데, 그래도 오늘 아침에는 참고 겨우 면도를 했다.

"면도하는 것이 쉬운 일이 아니더구나. 그래도 너무 면도를 안 해서 수염이 길면 더 환자 같아서 말이야."

"사쓰코에게 해 달라고 하면 되잖아요."

조키치 녀석, 무슨 생각으로 그런 말을 한 것인지. 내가 면도한 것을 빨리 알아보고 뭔가 낌새를 챈 것일까? 도대체 그 아이는 가족들이 사쓰코를 만만하게 여기는 걸 좋아하지 않는다. 자신의 아내가 무희 출신이라는 열등감 때문에 자연히 그렇게 된 것인데, 그게 '작은 사모님'을 더 기고만장하게 만들었다. 물론 그녀가 그렇게 된 데에 나의 책임이 없는 것은 아니지만, 조키치 자식은 남편인 주제에 처음부터 그녀 앞에서라면 일단 고개를 숙이는 태도를 보였다. 둘만 있을 때는 어떤지 모르겠지만 다른 사람들 앞에서는 일부러 더 그렇게 행동했다. 그런 그가 아무리 아버지라고 해도 그 귀한 아내에게 진심으로 면도를 시킬 생각이었을까?

"여자에게 이런 곳을 만지게 하는 것은 싫구나."

나는 일부러 그렇게 대꾸해 주었다. 그러나 의자에 누운 상태에서 그녀가 면도를 해 준다면 그녀의 콧구멍 속 깊은 곳까지 보이겠지. 얇은 콧살이 빨갛고 투명하게 보이는 것은 나쁘지 않으리라. 뭐 그런 생각도 했다.

"사쓰코는 전기면도기 사용 기술이 좋아요. 나도 아플 때는 해 달라고 한 적이 있어요."

"아, 너 사쓰코에게 그런 일도 시키냐?"

"시키고 말고요. 시키는 게 잘못된 것은 아니잖아요?"

"시킨다고 사쓰코가 순순히 하리라고는 생각 못 했다."

"면도만 시키지 말고 무슨 일이든 사쓰코에게 시키세요. 무슨 일이든 하라고 할게요."

"글쎄, 어떨까? 네가 나에게는 그렇게 말해도 사쓰코에게 대놓고 그렇게 명령할 수 있겠냐? 무슨 일이든 아버지가 시키는 대로 하라고."

"물론이죠. 꼭 일러둘게요."

그가 그녀에게 무슨 말을 어떻게 명령했는지는 모른다. 그날 밤 10시 넘어서 사쓰코가 불쑥 들어왔다.

"오면 안 된다고 말씀하셨지만, 조키치가 가도 된다고 해서 왔어."

"조키치는 뭘 하고 있지?"

"지금 또 어디 나갔어. 한잔하고 온다고."

"조키치가 자네를 여기에 데리고 와서 내 눈앞에서 자네에게 명령하는 것을 보고 싶었는데."

"명령을 할 수 있겠어? 거북하니까 내뺀 거지. 하지만 이야기는 들었어요. 당신이 있으면 방해가 되니 어디 다른 데로 가라고 내쫓았어."

"그래도 되지. 그런데 한 사람 더 걸리적거리는 사람이 있어."

"네, 네. 알아요."

그렇게 해서 사사키도 사태를 알아채게 되었다.

순간 마치 미리 짜기라도 한 것처럼 손의 통증이 더해 왔다. 척골과 요골의 경상 돌기에서 다섯 손가락 끝에 걸쳐 손이 막대기처럼 딱딱해지고 손바닥 안쪽과 바깥쪽이 자근자근 난도질당하는 것처럼 아프기 시작했다. 개미가 기어가는 느낌과 비슷한데, 그렇게 약한 것이 아니라 더 심하고 격한 통증이다. 그리고 마치 겨된장에 박은 것처럼 손이 차다. 차고 아프다. 차가운 나머지 무감해졌는데 그러면서도 아프다. 그런 기분은 당해 보지 않으면 모른다. 의사에게도 아무리 설명해도 알아듣지 못할 것 같다.

"사쓰짱, 나 아프단 말이야!"

나도 모르게 소리를 질렀다. 역시 이런 목소리는 정말로 아프지 않으면 나오지 않는 목소리다. 아픈 척을 해서는 이렇게 절박한 목소리가 나오지 않는다. 그녀를 '사쓰짱'이라고 부른 적은 한 번도 없는데도 자연스럽게 그렇게 나왔다. 그렇게 부른 것이 나로서는 너무나 기뻤다. 아프면서도 기뻤다.

　　"사쓰짱, 사쓰짱, 아프다고!"

　　마치 열서너 살짜리 개구쟁이 목소리 같았다. 일부러 그런 것이 아니라 저절로 그런 목소리가 되었다.

　　"사쓰짱, 사쓰짱, 사쓰짱! 제발!"

　　그렇게 불러 대는 동안 나는 어느새 엉엉 울기 시작했다. 칠칠치 못하게 눈에서는 눈물이 나오고, 코에서는 콧물이 나오고, 입에서는 침이 질질 흐르기 시작했다. 엉엉, 엉엉, 엉엉, 나는 연극을 한 것이 아니었다. '사쓰짱'이라고 부르는 바람에, 나는 갑자기 개구쟁이, 떼쟁이 아이가 되어 한없이 울부짖기 시작했고 그칠래야 그칠 수도 없게 되었다. 아, 나는 정말로 미친 것이 아닐까? 이게 바로 미친 것 아닐까?

　　"엉엉, 엉엉, 엉엉"

　　미치려면 미치라지. 이제 어찌 되든 내가 알 게 뭐야? 나는 그렇게 생각했지만, 난처하게도 그렇게 생각한 순간 갑자기 자성하는 마음이 생기면서 미치는 것이 무서워졌다. 그러고 나서부터는 확실히 연극을 하게 되었고, 고의로 떼쟁이 흉내를 내기 시작했다.

　　"사쓰짱, 사쓰짱, 엉엉, 엉엉, 엉엉"

　　"뚝 그쳐, 아버님."

　　아까부터 조금 기분 나쁜 듯이 말없이 가만히 내 표정

을 바라보던 사쓰코는 우연히 나와 눈이 마주치자 바로 내 마음의 변화를 읽은 것 같았다.

"미친 척하면 정말로 미쳐."

내 귓가에 입을 갖다 대고 이상하게도 차분한 냉소를 띤 낮은 목소리로 말했다.

"이런 바보 같은 흉내가 가능하다고 생각하는 것 자체가 이미 미쳐 간다는 증거야."

사쓰코의 어조에는 머리 꼭대기에서 물을 들이붓는 것 같은 빈정거리는 태도가 들어 있었다.

"흥, 나보고 어떻게 해 달라고 하시는 거야. 그렇게 우는소리를 내면 아무것도 안 해 드릴 거야."

"그럼 이제 안 울게."

나는 평소의 내가 되어 태도를 홱 바꾸며 말했다.

"당연하지, 나는 오기가 있어서 그렇게 연극을 하면 더 고집을 부리게 된다고."

이제 더 이상 장황하게 쓰지 않을 것이다. 결국 키스는 물 건너가 버렸다. 입과 입을 맞추지 않고 1센티미터 떨어져서 아 하고 입을 벌리고 내 입안에 타액을 한 방울 똑 떨어뜨려 주었을 뿐.

"자, 이것으로 됐죠? 이걸로 안 되겠다면 마음대로 해."

"아파, 아파, 아픈 건 정말이야."

"이것으로 어느 정도 나았을걸."

"아파, 아파."

"또 그런 소리! 나 저쪽으로 도망칠 테니까 혼자서 맘대로 울고 계셔."

"아, 사쓰코, 앞으로 가끔씩 '사쓰짱'이라고 부르게 해줘."

"바보같이."

"사쓰짱"

"어리광쟁이에 거짓말쟁이, 누가 그런 말에 속을 줄 알고?"

사쓰코는 파르르 화를 내며 가 버렸다.

....

....

15일. …… 오늘 밤에는 진정제 바르비탈 0.3, 브로무랄 0.3 복용. 수면제도 가끔씩 이것저것 바꾸어 쓰지 않으면 금방 안 듣게 된다. 내게는 루미날이 전혀 효과 없다.

17일. 스기다 씨가 도쿄 대학 병원 가지우라 내과의 가지우라 박사에게 왕진을 청하는 것이 좋을 것 같다는 의견을 내서, 오늘 오후 박사가 왔다. 박사에게는 수년 전, 뇌일혈 발작을 일으켰을 때도 몇 번 왕진을 청한 일이 있어서 얼굴을 알고 있다. 스기다 씨가 그 후의 경과에 대해 상세히 설명했고, 경추와 요추 뢴트겐 사진을 보여 주었다. 박사가 말하기를 자신은 전공이 달라서 왼손 통증의 원인이 거기에 있다고 확신할 수는 없지만, 아마 도라노몬 병원의 정형외과 소견이 맞을 것이라고 생각한다며, 이 김에 일단 이 사진을 대학에 가지고 가서 전문가에게 봐 달라고 한 후에 확실하게 대답을 하겠다고 했다. 하지만 전문가가 아닌 자기가 봐도 왼손의 신경에 변형이 있는 것은 확실하다고 생각되는데 깁스도, 침대도 견인법도 싫다 하니, 달리 신경의 압박을 제거할 방법이 없기 때문에 대체로 스기다 씨가 취한 일시적 조치에 따를 수밖에 없을 것이다, 약은 역시 파로틴 주사가 가장 좋을 것이다, 이루가피린은 나쁜 부작용이 있으므로 그것은 그만두라고 했다. 그리고 아주 면밀하게 진찰한 후 뢴트겐 사진을 가지고 돌아갔다.

19일. 박사가 스기다 씨에게 전화를 걸어 대학 정형외과의 소견도 도라노몬 병원과 완전히 동일하다는 뜻을 알려 왔다.

밤 8시 30분 무렵, 노크를 하지 않고 주저주저 문을 여는 사람이 있었다.

"누구야?"

물어도 대답이 없다.

"누구야?"

두 번 물어보자, 살짝 발소리를 내며 잠옷을 입은 게이스케가 들어왔다.

"무슨 일이냐, 지금 이 시간에 뭘 하러 온 거지?"

"할아버지 손 아파?"

"어린이는 그런 거 걱정 안 해도 돼. 너도 이제 잘 시간 아니냐?"

"나 잤어. 몰래 살짝 보러 온 거야."

"어서 자거라, 자. 어린이가 쓸데없이……"

여기까지 말을 했나 싶었는데 어찌 된 까닭인지 코안에

서 목소리가 막혀 버리고 나도 모르게 눈물이 뚝뚝 떨어졌다. 며칠 전 이 아이의 어미 앞에서 흘린 눈물과는 성질이 다른 눈물이다. 그때는 눈물이 줄줄 흘렀지만, 오늘은 눈가에서 딱 한 방울 뚝 하고 떨어졌을 뿐이다. 나는 그 눈물을 숨기기 위해 서둘러 안경을 벗었다 꼈지만, 금방 안경이 다시 흐려져서 더 어색했다. 이제 어린아이에게도 숨길 수가 없었다.

요전의 눈물은 미쳤다는 증거로 생각되었지만, 오늘 이 눈물은 무슨 증거일까? 일전의 눈물은 예기치 않은 눈물이 아니었지만 오늘 흘린 눈물은 전혀 예기치 않은 것이다. 나도 사쓰코와 마찬가지로 위악하는 경향이 있어서 남자가 우는 것은 꼴불견이라고 생각하는데, 실은 의외로 눈물이 많아서 별것도 아닌 일에 금방 눈물이 난다. 그것을 또 어떻게든 다른 사람들이 눈치채지 못하게 하려고 한다. 젊었을 때부터 늘 아내에게 모진 말을 하며 폭군처럼 굴었는데 아내가 울면 영 주책없이 져 버리고 말았다. 그래서 우는 모습을 아내에게 보이지 않으려고 매우 애써 왔다. 이렇게 말하면 아주 좋은 사람처럼 들리겠지만, 나는 눈물이 많고 정에 약하면서도 본심은 배배 꼬여서 매정하기 그지없는 인간이다. 그런 남자인데 갑자기 사랑스러운 어린아이가 나타나서 이렇게 상냥하게 말을 붙이자 더 견딜 수가 없었다. 닦아도 닦아도 안경에 눈물이 묻었다.

"할아버지, 힘내. 잘 참으면 금방 나을 거야."

나는 눈물과 우는소리를 얼버무리려고 머리부터 이불을 푹 뒤집어썼다. 무엇보다 사사키가 알아차렸을 것이라 생각하니 짜증이 났다.

"그래, 금방 나을 거야. 어서 2층으로 가서 자거라."

나는 그렇게 말을 했다고 생각했는데, '어서 2층으로' 부분에서 묘하게 울먹거리고 말아서 무슨 말을 하는지 나도 알 수가 없었다. 캄캄한 이불 속에서 눈물이 둑이 터진 것처럼 줄줄, 줄줄 볼을 타고 흘러내렸다. 게이스케 녀석 언제까지 여기 있을 생각이야, 어서 빨리, 빨리 2층으로 가 버려, 제기랄! 눈에서는 여전히 눈물이 났다.

30분 정도 지나 눈물이 완전히 마르고 나자, 나는 이불에서 얼굴을 내밀었다. 이제 게이스케는 없었다.

"게이스케 도련님 하시는 말씀이 기특하네요."

사사키가 말했다.

"어리지만 역시 할아버지를 걱정하고 계시네요."

"어린애가 이상하게 조숙해서, 건방진 녀석. 난 그런 애들은 딱 질색이야."

"아유, 그런 말씀을 하시다니."

"어린애는 병실에 보내지 말라고 이야기해 두었는데 제멋대로 들어오고 난리야. 어린애는 좀 더 어린애다워야지."

나는 나잇살이나 먹어서 그런 어린애 때문에 맥없이 눈물을 흘린 것이 화가 나서 견딜 수가 없었다. 그런 일에 눈물이 나는 것은, 내가 아무리 눈물이 많다고 해도 어쩐지 심상치 않았다. 이제 죽을 때가 다 된 게 아닌가 하는 생각이 들었다.

....
....

21일. 오늘 사사키에게 솔깃한 말을 들었다. 사사키가 말하기를 자신은 옛날에 PQ병원에 근무한 적이 있는데, 어제 오후에 한 시간 정도 시간을 내서 치과 치료를 받기 위해 시나가와까지 갔고, 그 치과 의원에서 우연히 PQ병원 시절의 후쿠시마 박사라는 정형외과 선생님을 만났다. 그리고 20분 정도 기다리는 동안 그 박사와 이야기를 주고받았다. 박사가 자네는 지금 무엇을 하고 있느냐고 물어서 이러이러한 댁에서 환자를 간호하고 있다고 대답했고, 거기서 시작되어 주인 양반의 손 통증 이야기가 나왔다. 뭔가 좋은 치료법이 없을까, 연세가 있으셔서 견인법 등 손이 많이 가고 번거로운 방법은 싫어하신다고 했더니, 박사가 방법이 없지는 않다고 이야기했다. 그것은 매우 어려운 기교를 요하며 위험이 따르는 방법이기 때문에 보통 의사들은 할 수 없으며, 또한 하려고 들지도 않는데 본인이라면 할 수 있다. 반드시 잘 치료해 보겠다. 그 병의 이름은 아마 경견완 증후군(頸肩腕症候群)이라 생각된다. 여섯 번째 경추에 이상이 있는 것이라면 그곳의 교감 신경을 차단하기 위해 옆으로 튀어나온 주변에 국소 마취제인 크실로카인을 주사한다. 그러면 손의 통증이 바로 제거된다. 다만 경부 신경은 목의 대동맥 뒷부분을 관통하기 때문에 그 동맥을 건드리지 않고 주삿바늘로 신경을 찌르는 것은 매우 어렵다. 만일 동맥을 건드려서 다치면 큰일이다. 경부에는 동맥뿐만 아니라 무수한 모세 혈관이 모여 있기 때문에 자칫 잘못해서 그것들 중 어느 하나라도 건드리면 혈관 내에 크실로카인이 들어가거나 공기가 들어가서 환자는 바로 호흡 곤란에 빠진다. 그럴 염려가 있기 때문에 일반 의사들은 이 방법을 사용하지 않는다. 그러나 자신은 그런 위험을 무릅쓰고 오늘까지 이 치료법을 다수의 환자에게 시도하여 한 번도 실패하지 않고 성공했기 때문에 본인이 하면 괜찮다고 확신한다. 박사가 이렇게 말했다고 한다. 그러면 며칠이나 걸리느냐고 묻자, 단 하루, 그것도 1~2분이면 끝난다고 했다. 물론 그 전에 일단 뢴트겐 사진을 찍을 필요가 있다. 그렇지만 그것도 20~30분이면 충분하다. 신경을 차단하는 것이기 때문에 성공하면 고통은 그 자리에서 즉시 사라지고 한나절만 참으면 완전히 경쾌한 기분으로 돌아갈 수 있다는 이야기인데, 한번 해 보실 생각이 있냐는 것이었다.

"그 후쿠시마 박사라는 사람은 신용할 수 있는 사람인가?"

"예, 물론이죠. PQ병원 정형외과에 근무하고 계시는 선생님이니까 틀림없습니다. 도쿄 대학교 출신의 의학 박사고 저도 꽤 오래전부터 알고 있습니다."

"괜찮을까, 정말. 만약 잘못되면 어떻게 될까?"

"그 선생님이 하시는 말씀이라면 틀림없다고 생각하지만, 좀 뭣하시면 다시 한 번 뵙고 자세히 물어보고 올까요?"

"정말로 그렇게 할 수 있다면 이렇게 반가운 이야기는 없겠는데"

일단 스기다 씨의 의견을 들어 보았다.

"예? 그렇게 용한 치료법이 있을까요? 그게 가능하다면 신의 조화라고 할 수 있죠."

스기다 씨는 위험하게 여기며 좀처럼 찬성해 주지 않는다.

22일. 사사키가 PQ병원에 가서 박사를 만나 자세히 물어봐 주었다. 여러 가지 전문적인 설명이 있었지만, 자세한 것은 자기도 모른다. 하지만 어제도 말씀드렸듯이 박사는 지금까지 몇십 명이나 그런 환자를 만났고 그 방법으로 간단하게 성공했기 때문에 그걸 신의 조화라고 할 정도로 어려운 것이라고는 생각하지 않는다. 환자도 특별히 불안해하거나 무서워하는 사람은 없었다. 모두 부담 없이 주사를 맞고 바로 좋아져서 아주 기뻐하며 돌아간다. 하지만 불안한 생각이 드신다면 만일의 경우를 대비하여 마취과 박사를 대기시키고 산소 흡입기를 준비해 두어도 된다. 잘못해서 약이나 공기가 혈관에 들어가면 즉시 기관지 안에 튜브를 넣어서 산소를 공급한다. 보통 환자에게는 그런 준비를 한 적 없지만 그래도 잘못된 경우는 없었다. 그러나 노인께서 주사를 맞으시겠다고 한다면 이번엔 그 정도 준비를 해서 대비할 것이니 걱정할 필요 없다고 말했다고 한다.

"어떻게 하시겠어요? 박사도 절대로 억지로 권하지는 않았습니다. 마음이 내키지 않으시면 그만두시는 것이 좋다고 하니까요, 뭐, 잘 생각하셔서……"

며칠 전 밤에 아이에게 기습을 당해 눈물을 흘린 일이 아직도 가슴에 남아 있어서, 이런 경우 어쩐지 그 일이 불길한 일의 전조로 여겨졌다. 그날 밤 그렇게 눈물이 난 것은 역시 내 마음에 죽음의 예감이 찾아왔기 때문이다. 물불 안 가리는 것 같지만 실은 굉장히 겁쟁이에 주의 깊은 내가, 사사키가 부추긴다고 자꾸만 그런 위험한 주사를 맞고 싶어하는 것은 아무래도 보통 일이 아닌 것 같았다. 결국 주사가 원인이 되어 숨이 막혀 죽을 운명이 아닐까?

　　하지만 나는 원래 언제 죽어도 괜찮다고 생각하지 않았던가. 애초부터 죽을 각오가 돼 있지 않았던가. 정말이지 올여름에 도라노몬 병원에서 경추암일지도 모른다는 말을 들었을 때, 같이 있던 할멈이랑 사사키는 얼굴이 새파래졌지만 나는 전혀 아무렇지도 않았다. 이렇게나 아무렇지도 않을 수 있을까, 스스로도 뜻밖이라고 생각했을 정도였다. 내 인생도 드디어 이것으로 끝나는 것인가 하고 오히려 안도할 정도였다. 그렇다면 이것을 기회로 내 운을 시험해 보는 것도 좋지 않을까? 설령 운이 나쁘데도 아까울 것이 뭐가 있느냐는 말이다. 이렇게 손이 아파서 아침저녁으로 괴로울 것이라면 사쓰코의 얼굴을 봐 봤자 아무런 즐거움도 없을 것이고 사쓰코도 환자 취급을 하며 진지하게 상대해 주지 않을 것이다. 그런 꼴로 살아 있어 봤자 아무런 낙이 없을 터다. 사쓰코를 생각하면, 운을 하늘에 맡기고 어떻게 해서든 살고 싶다. 그렇지 않으면 살아 있어 봤자 소용이 없다. ……

　　23일. 여전히 변함없이 통증이 있다. 도리덴을 먹어 보았지만 잠이 들었나 싶으면 바로 깬다. 잘브로(잘소브로캐논) 주사를 놓아 달라고 했다.

　　6시 무렵에 잠이 깨어 어제 고민했던 문제를 다시 생각했다.

　　죽음은 전혀 두렵지 않다. 하지만 지금 이 순간 내가 죽음에 직면해 있다고 생각하면, 이 순간 죽음이 내 눈앞에 다가와 있다고 생각하면, 그렇게 생각하는 것 자체가 두렵다.

될 수 있으면 평소 지내던 이 방, 이 침대에서 평안하게 누워 친지와 가족들에게 둘러싸여(아니 친지, 가족은 없는 게 낫지 않을까? 특히 사쓰코는 없는 게 낫지 않을까? '사쓰짱, 오랫동안 신세 많이 졌어.'라고 이별의 인사를 하는 것은 슬프겠지? 또 눈물이 날 것이고, 그러면 사쓰코도 의리상으로라도 우는 모습을 보여야겠지? 어쩐지 거북해서 죽기도 힘들 것 같다. 내가 죽을 때, 그녀는 더 매정하게 나 같은 것은 잊어버리고, 정신없이 복싱을 보러 가는 것은 아닐까? 수영장에 뛰어들어 싱크로나이즈드 스위밍이라도 하면 좋을 것이다. 아아, 내년 여름까지 살아 있지 못하면 그렇게 수영을 하는 모습도 결국 보지 못하겠군.) 언제 죽었는지도 모르게 자는 것처럼 죽고 싶다. 알지도 못하는 PQ병원 침대에 옮겨져서, 얼마나 대단한 박사들인지는 모르지만, 만난 적도 없는 정형외과 선생이니 마취과 박사니 뢴트겐과 선생 들에게 둘러싸여 사뭇 대단한 사람인 양 대접받으며 숨이 막혀 죽어 가기는 싫다. 그런 긴박한 분위기에 둘러싸여 있는 것만으로도 이미 죽은 것이나 다름없는 게 아닐까? 호흡 곤란이 일어나서 숨을 헐떡거리기 시작하고 차차 인사불성이 되어 기관지에 튜브를 꽂았을 때의 심정이란 어떤 것일까? 죽음은 두렵지 않지만 죽음에 동반하는 고통과 긴박감과 공포감은 질색이다. 필시 그 순간 칠십 평생 쌓은 갖가지 악행들이 주마등처럼 잇따라 나타나겠지. 아아, 자네는 이런 짓도 했군. 그런 짓도 했군. 그러고도 편히 죽으려 하다니 너무 뻔뻔하군. 지금 이렇게 고통받는 건 당연해. 꼴좋다. 어디에선가 그런 소리도 들릴 것이다. 역시 PQ병원은 그만두는 것이 좋을 것 같다. ……

오늘은 일요일이다. 날이 흐리더니 비가 내린다. 생각

하다 못해 또 사사키에게 상담을 했다.

"그러면 어쨌든 제가 내일 월요일에 도쿄 대학교 가지우라 내과의 가지우라 선생님을 찾아가서 뭐라고 하시는지 여쭤보고 올까요? 후쿠시마 박사가 말씀하신 것을 제가 상세히 말씀드리고 선생님이 뭐라고 하시는지 들어 보고 오겠습니다. 그리고 선생님이 그 주사를 맞으라고 하시면 맞고, 그런 주사는 절대로 맞지 말라고 하시면 맞지 말고, 그렇게 하시면 어떨까요?"

사사키가 이렇게 말한다. 그럼 뭐 그렇게 하라고 했다.

24일. 저녁에 사사키가 돌아와서 보고하기를, 가지우라 교수님이 말씀하시기를 자신은 PQ병원의 후쿠시마라는 사람을 모른다. 또한 본인이 그쪽 전문이 아니라서 그 가부에 대해 중간에 끼어들어 의견을 낼 자격이 없다. 그러나 그 사람이 도쿄 대학교 박사고 PQ병원에 근무하는 인물이라면 우선 신용해도 지장이 없을 것이다. 절대로 돌팔이는 아닐 터다. 만약 성공하지 못했을 경우에도 반드시 잘못되지 않도록 만전의 대책을 강구한 후에 착수할 것임에 틀림없다. 그러니 그 박사를 신뢰하고 주사를 맞아 보는 것이 어떻겠느냐고 했다 한다. 나는 내심 교수가 반대 의견을 냈으면 좋겠다고, 그러면 오히려 마음이 편해지리라고 생각했는데, 이렇게 되니 어쩔 수 없다. 역시 위험을 겪어야 할 운명인가. 아무래도 그 위험을 벗어날 수는 없는 것일까. 그런 생각을 하며 아직 뭔가 그만둘 구실이 있었으면 하는 생각이 들었는데, 결국 미적거리다가 주사를 맞기로 결정되어 버렸다.

25일.

"사사키 씨에게 들었는데, 괜찮을까요? 영감, 아프기는 아프시겠지만, 그렇게 하지 않아도 곧 나을 거예요."

할멈은 제정신이 아니었다.

"잘못돼서 죽지는 않겠지."

"죽지는 않아도 기절을 해서 당장이라도 죽을 지경이 되시면 그런 모습 보는 것만으로 힘들어요."

"이런 심정으로 사느니 차라리 죽는 게 나아."

나는 일부러 더 비장하게 말했다.

"언제 하세요?"

"병원에서는 언제든지 오라고 하는군. 하기로 마음을 먹었으면 빨리 하는 것이 좋지. 내일 가려고."

"아유, 좀 기다리세요. 당신은 늘 성급해서 탈이에요."

할멈이 방을 나갔나 싶었는데, 다카시마에키단(高島易斷) 운세력을 가지고 돌아왔다.

"내일은 손이 있는 날, 모레는 불멸(佛滅), 28일이 대안(大安)으로 '평탄'하네요. 28일로 정하죠."

"달력을 누가 믿는다고. 불멸이고 뭐고 빨리 하는 게 나아."

물론 할멈이 반대할 것을 알고 그렇게 말했다.

"아니, 안 돼요. 28일로 하세요. 그날은 저도 따라갈게요."

"할멈은 올 거 없어."

"아니에요, 갈 거예요."

"그렇게 해 주시면 저도 안심이 됩니다."

사사키까지 거든다.

27일. 불멸의 날이다. ‘이날은 이전, 개점, 기타 무슨 일이든 흉하다.’라고 한다. 내일은 할멈, 사사키, 스기다 선생 등을 대동하고 오후 2시에 PQ병원에 가서, 3시에 주사를 맞을 것이다. 공교롭게 오늘도 이른 아침부터 격통이 있어서 피라비탈 주사. 저녁에 또 격통. 노블론 좌약을 사용하고 밤에는 진통제 오피스탄 주사. 이 약은 처음이다. 모르핀은 아니지만 이것도 일종의 마약이라고 한다. 다행히 통증이 완화되어 편히 잠들었다. 그 이후 수일간은 집필을 할 수가 없어, 며칠 후 사사키의 병상 일지를 보고 기입했다.

28일. 오전 6시에 잠이 깼다. 드디어 운명의 날. 가슴이 자꾸만 울렁거리고 흥분이 된다. 될 수 있는 한 안정을 취하라고 해서 침실에 누워 꼼짝 않고 있었다. 아침도, 점심도 식사를 이곳으로 가져오게 했다. 중화요리 동파육이 먹고 싶다고 해서 모두 웃었다.

“그렇게 식욕이 있으니 안심이네요.”

사사키가 말했다. 물론 정말로 먹을 생각은 없다. 짐짓 활기 있는 척하려고 했을 뿐이다. 점심 식사는 진한 우유 한 잔, 토스트 한 조각, 스페니시 오믈렛 하나, 딜리셔스[55] 사과 한 개, 홍차 한 잔. 식당에 나가면 사쓰코의 얼굴을 볼 수 있

---

55 미국산 붉은 사과. 1927년에 일본에 도입.

을지도 모른다고 생각했지만 "나가시면 안 됩니다."라고 만류를 해서 얌전히 시키는 대로 했다. 식후 30분간 낮잠. 역시 제대로 자지 못했다.

1시 30분에 스기다 씨가 왔다. 간단하게 혈압을 재고, 진찰을 했다. 2시 출발. 스기다 씨의 왼쪽에 나, 그 옆에 할멈, 운전수 옆에 사시키가 탔다. 차가 부르릉 하고 움직이기 시작할 때 사쓰코의 힐만도 부릉거리기 시작했다.

"어머, 아버님, 어디 가시는 거야?"

차를 세우고 사쓰코가 물었다.

"음, 잠깐 PQ병원에 주사 맞으러. 한 시간 정도 있다가 바로 돌아올 거야."

"어머니도 같이?"

"어머니는 위암일지도 모르니까 가는 김에 같이 가서 진찰을 받을 거라고 하는구나. 어머니는 신경성이야."

"어차피 그럴 거예요."

'자네'라고 부르려다 나는 다시 말을 바꾸었다.

"너, 어디 가니?"

"유라쿠초에 가요. 실례할게."

그러고 보니 샤워의 계절이 지나고 나서 오랫동안 하루히사 녀석이 모습을 보이지 않았다는 생각이 얼핏 들었다.

"이번 달에는 뭐지?"

"채플린의 「독재자」"

오늘 일은 아무 말도 하지 말라고 이야기해 두었기 때문에 사쓰코는 모를 것이다. 하지만 아마 할멈이나 사사키가 알려 준 게 틀림없다. 그녀는 일부러 시치미를 뚝 떼고 있는 것이다. 그리고 나에게 힘을 주기 위해 이 시간을 기다렸다가 나왔으리라. 어쩌면 할멈이 시켰는지도 모른다. 뭐, 어쨌든 그녀의 얼굴을 봐서 나쁘지는 않다. 그녀는 알고도 모르는 체하는 데는 선수이므로 언제나처럼 득의양양하게 유라쿠초로 갔다. 이런 게 할멈의 배려인가 생각하니 가슴이 뿌듯했다.

　　약속 시각에 도착. 바로 ×××호실로 옮겨졌다. '우쓰기 도쿠스케 님'이라고 적힌 이름표가 걸려 있다. 오늘 하루 이곳에 입원하는 형식을 취하는 것 같다. 스기다 씨, 사사키 간호사, 할멈까지 따라왔다. 할멈은 걸음이 느려서 이동 침대를 따라오느라 헉헉거린다. 이런 경우를 생각해서 나는 일본 옷을 입고 왔다. 할멈이 도와주어서 옷을 벗고 알몸이 되었다. 딱딱하고 반질거리는 판 위에 눕혀 놓고 여러 가지 자세로 몸을 굽혀 보라고 명령한다. 그 위로 대형 카메라의 암흑 상자 같은 기계가 천장에서 내려왔는데, 내 자세에 딱 들어맞게 조정한다. 커다랗고 복잡한 부분을 지닌 기계를 멀리서 조작하는 것으로, 1밀리리터만 차이가 나도 제대로 안 되는데, 원하는 위치로 가지고 오지 못해서 조절하는 데 시간이 걸렸다. 10월 말이라서 나무 판은 좀 차가웠고 손의 통증도 계속되었는데, 긴장을 해서 그런지 이상하게 추위도, 통증도 느껴지지 않았다. 처음에는 왼팔을 밑으로 하고 누웠고 그다음에는 오른팔을 밑으로 하고 누워서 옆구리, 등, 목 각 부위별로 사진을 찍었다. 그때마다 암흑 상자를 조절하느라 꽤 번거로웠다. 뢴트겐선이 통과하는 순간엔 잠시 호흡을 멈춰 달라고 했다. 도라노몬 병원하고 거의 비슷했다.

다시 ×××호실로 돌아와서 누웠다. 현상한 뢴트겐 사진을 젖은 필름 상태로 가지고 왔다. 후쿠시마 박사가 그것을 자세히 관찰한 후에, 말한다.

"그러면 주사를 놓겠습니다."

박사는 이미 크실로카인을 주입한 주삿바늘을 손에 들고 있다.

"일어나서 이쪽으로 와서 서 주세요. 그렇게 해야 주사를 놓기 쉬워요."

"알겠습니다."

나는 침대에서 내려와 특별히 용감하고 힘찬 걸음걸이로 박사 앞에 있는 밝은 창가로 가서, 박사와 마주 섰다.

"그러면 이제 주사를 놓겠습니다. 특별히 아프지도 않고 아무렇지도 않으니 걱정 마세요."

"걱정은 하지 않습니다. 어서 편히 놓으세요."

"좋습니다."

바늘이 뒷덜미에 꽂히는 것이 느껴졌다. 뭐야, 이런 거야? 전혀 아프지 않았고 아무렇지도 않았다. 아마 안색도 변하지 않았을 것이고 몸도 떨리지 않았다. 아무렇지도 않은 것이 내 자신에게도 느껴졌다. '죽어 봤자지.'라고 생각했는데, 죽을 것 같은 느낌은 들지 않았다. 박사는 주삿바늘을 한번 국부에 찌르고 시험 삼아 바늘을 빼 보았다. 이것은 크실로카인의 경우에만 그러는 것이 아니다. 무슨 주사라도, 설령 비타민 주사의 경우에도 약이 혈관 안에 주입되지 않도록 일단 주사에 앞서 주삿바늘을 밖으로 당겨 봐서, 혈액이 혼입되었는지를 한번 확인하는 것이 상식이다. 세심한 의사는 반드시 그 정도의 주의를 게을리하지 않는다. 후쿠시마 박사도 특별히 중대한 경우이므로 당연히 그 정도의 수순을 밟은 것이다. 그런데 그 순간 박사가 갑자기 낙심한 듯이 말했다.

"아, 이거 안 되겠네. 지금까지 환자에게 수없이 주사를 놓았습니다만, 혈관에 닿은 적은 한 번도 없었습니다. 그런데 오늘은 어찌 된 일일까요. 보세요, 이렇게 피가 섞여 있습니다. 어딘가 모세 혈관을 찔렀네요."

"그럼 어떻게 합니까, 다시 한 번 해 보는 겁니까?"

"아니요. 이렇게 실패했을 때는 하지 않는 것이 좋습니다. 정말 안됐지만 내일 다시 오셔야겠습니다. 내일은 절대 실패하지 않겠습니다. 실패한 적은 한 번도 없었지만요."

나는 어쩐지 안심이 되어 뭐 오늘은 이것으로 살았다 하며 가슴을 쓸어내렸다. 운명이 하루 연장되었다. 하지만 내일 일을 생각하자, 지금 다시 해서 성공을 하든 실패를 하든 결정이 났으면 싶기도 했다.

"너무 조심을 했네요. 그 정도 피가 나와도 뭐 너무 겁내지 말고 해 주시면 안 되는 건가?"

사사키가 소곤소곤 말했다.

"아니, 그 점이 그분의 훌륭한 점이에요. 마취과 닥터까지 불러서 충분히 대비를 해 두었으므로 해 버리고 싶은 것이 인지상정이지만 단 한 방울의 피만 보고도 신중을 기해 중지한 것은 의사로서 정말 훌륭한 자세예요. 의사라면 누구든 그 정도의 마음가짐이 없으면 안 돼요. 저는 큰 공부가 되었어요."

스기다 씨는 말했다.

내일을 기약하고 물러나 귀가했다. 차 안에서도 스기다 씨는 박사의 태도를 칭찬해 마지않는다. 사사키는 '과감하게 해 버렸으면 좋았을 텐데요.'라고 되풀이한다. 요컨대 지나치게 신중을 기한 것이 실패의 원인이었다. 만일의 경우를 대비하여 호들갑을 떨며 대비하는 대신 평소처럼 가볍게 생각하고 했으면 좋았을 것이다. 박사 스스로 신경과민이 된 것이 문제였다는 점에서는 두 사람의 의견이 일치했다.

"경동맥 옆을 찌르는 것은 위험한 일이에요. 나는 처음부터 반대였어요. 내일도 또 중지했으면 좋겠어요."

할멈은 말했다.

귀가해 보니, 사쓰코는 아직 돌아오지 않은 것 같았다. 게이스케가 개집 앞에서 레슬리와 놀고 있었다.

나는 다시 침실에서 야식을 먹고 안정을 취하라는 명령을 받았다. 손이 또 아프기 시작했다.

29일. 오늘도 어제와 같은 시각에 집을 나섰다. 동행자도 모두 같다. 불행하게도 경과 역시 어제와 마찬가지다. 오늘도 잘못해서 혈관을 찔러 주사기에 피가 혼입되었다. 주도면밀하게 준비한 만큼, 박사의 낙담은 이만저만이 아니었다. 오히려 우리들이 보기에 딱했다. 모두 상담을 한 결과 이렇게 된 이상 참으로 유감스럽지만 이 주사는 일단 중단하는 것이 좋겠다고 이야기가 되었다. 내일 와서 또 실패하면 곤란하므로 박사도 한 번 더 해 보자고 할 마음이 없는 것 같았다. 나도 이번에는 정말로 안도의 한숨을 쉬었다.

오후 4시에 귀가함. 방의 꽃꽂이가 바뀌어 있었다. 쇠

비름과 아네모네가 대바구니에 꽂혀 있었다. 오늘은 교토의 꽃꽂이 선생이 다녀갔나 보다. 그리고 사쓰코가 이 늙은이를 위해 성의를 보인 것 같다. 그게 아니면 이 꽃이 어쩌면 조화(弔花)가 될지도 모른다고 생각해서 특별히 정성 들여 꽂기라도 한 것일까? 오랫동안 걸어 두었던 가후의 족자도 바뀌어 있었다. 그림은 나니와 일민인 스가 다테히코[56]의 작품이다. 매우 가늘고 긴 화면으로 등대에 등불이 켜져 있는 그림이다. 다테히코는 한시나 와카(和歌)를 자주 첨부하는 버릇이 있는데, 여기에도 『만요슈』[57]의 와카가 한 수 세로로 덧붙여져 있다.

내 사랑 님은 지금은 어디 정도 가고 계실까,
오늘쯤 나바리산 근처 넘고 계실까.

56 스가 다테히코(菅楯彦, 1878~1963): 일본의 화가. 오사카 미술회 회원. 나니와의 풍속을 사랑하여 '나니와 일민(浪速御民)'이라 표방, 나니와 풍속화가 중 가장 오사카인다운 화가라 평가받음.

57 『만요슈(万葉集)』: 일본에서 가장 오래된 가집. 630년대에서 760년대 사이에 성립. 여기 인용된 노래는 1권 43번 및 4권 511번의 노래로, 다키마노 마로(当麻麻呂) 아내의 노래.

6

9일. PQ병원의 일 이후 열흘이 되었다. 할멈이 조만간 좋아지리라고 했는데, 그럭저럭 조금씩 좋아지고 있다. 오로지 진통제 신그렐란과 세데스만으로 견뎌 왔는데, 자연히 나을 때가 되어서 나은 것인지 약국에서 산 약이 어느 정도 효과가 난 것인지 신기하다. 사람 마음은 간사해서 이 정도라면 묏자리를 보러 다녀도 괜찮을 것 같다는 생각이 들었다. 올봄 이후로 계속해서 신경이 쓰였는데 차라리 이 기회에 교토행을 결행할까 한다. ……

10일. ……

"영감은 조금 좋아지면 바로 그러니 문제예요. 조금 더 상태를 보고 나서 가시는 것이 어때요? 기차 안에서 아프기라도 하면 어떻게 하시려고 그러세요?"

"이제 거의 다 나았어. 11월도 오늘로 10일이나 됐어. 꾸물대다가는 겨울이 돼. 교토는 겨울이 일러서 말이야."

"꼭 올해가 아니면 안 되는 것도 아니잖아요. 내년 봄까지 기다리시는 게 어때요?"

"다른 일하고는 달라서 말이야. 그렇게 느긋한 소리 할 거면 필요 없어. 교토는 이번에 가는 것이 마지막일지도 몰라."

"또 그런 말씀을 하시네. 누구를 데려가실 생각이에요?"

"사사키하고 둘이서만 가면 마음이 놓이지 않으니 사쓰코한테 가 달라고 할까?"

실은 나의 교토행의 주된 목적은 여기에 있다. 묏자리를 보러 간다는 것은 사실 구실에 불과하다.

"난젠지에 묵으실 것 아니에요?"

"간호사를 데리고 가서 묵으면 자꾸 귀찮게 하게 돼서. 게다가 사쓰코도 있고, 사쓰코는 난젠지에 묵으면 지겨우니까 제발 거기에 묵지 않게 해 달라고 했어."

"어느 쪽이든 사쓰코가 가면 또 싸움이 나겠네요."

"머리끄덩이라도 잡고 싸우면 재미있겠군."

할멈과 그런 이야기를 주고받았다.

"난젠지라고 하면 에이칸도의 단풍이 예쁘겠네요. 내가 그걸 본 지 얼마나 됐더라?"

"에이칸도는 아직 일러. 다카오나 마키노오가 지금 딱 절정인데, 나도 다리가 이 모양이라 갈 수 없을 것 같군."

……………………………………………………………

………………………………………………………

152

12일. …… 두 번째 고다마[58] 급행 열차로 오후 2시 30분 출발. 할멈과 오시즈, 노무라가 전송해 주었다. 창가에 나, 그 옆에 사쓰코, 통로를 사이에 두고 사사키, 이렇게 앉을 요량이었는데 열차가 움직이고 보니 창가는 바람이 숭숭 들어온다고 해서 사쓰코와 자리를 바꿔 통로 쪽 자리에 앉게 되었다. 공교롭게도 통증이 좀 심했다. 목이 마르다며 보이에게 차를 갖다 달라고 했다. 이럴 때를 대비해서 주머니에 숨겨 온 세데스 두 알을 사쓰코와 사사키 모르게 살짝 입에 넣었다. 두 사람이 알면 일이 번거로워지기 때문이다. 혈압은 출발 직전에 쟀을 때는 최고가 154, 최저가 93이었는데, 승차 후 나는 확실히 몰래 흥분하고 있었다. 옆에 방해꾼이 있기는 하지만 몇 달 만에 사쓰코와 자리를 나란히 하고 앉았고, 또 그녀의 복장이 오늘따라 묘하게 도발적으로 보인 것이 원인일지도 모른다. (수수한 슈트를 입고 있지만 블라우스는 화려하고, 프랑스제로 보이는 다섯 줄짜리 모조 보석 목걸이를 목에서 가슴으로 늘어뜨리고 있다. 이런 종류의 목걸이는 국산품 중에도 종종 눈에 띄지만, 등 뒤의 목 부분에 붙은 잠금장치에 여러 가지 보석이 박혀 있다. 국산품은 그런 흉내를 낼 수가 없다.) 혈압이 높을 때는 빈뇨 현상이 나타나는 것이 보통인데, 빈뇨 현상이 나타났다고 생각하면 역으로 그것 때문에 혈압이 더 올라간다. 어느 쪽이 원인이고 어느 쪽이 결과인지 알 수가 없다. 요코하마를 통과할 때까지 한 번, 아타미를 통과할 때까지 또 한

58 도카이도(東海道)·산요(山陽)·신칸센(新幹線)에서 운행되는 열차의 애칭. 1958년에 특별 급행 열차로 운행을 시작했으나 이후에는 완행 열차로 변경되었다.

번 변소에 갔다. 자리에서 변소가 먼 탓에 변소에 가면서 종종 비틀거리며 넘어질 뻔했다. 사사키가 따라와서 안절부절못했다. 배뇨에도 시간이 걸려 두 번째 때에는 단나 터널을 빠져나왔는데도 끝이 안 났다. 겨우 나와 보니 미시마 가까이 와 있었다. 자리로 돌아올 때 자칫 넘어질 뻔해서 옆에 있던 사람의 어깨를 잡았고, 덕분에 넘어지지는 않았다.

"혈압이 높은 것 아닌가요?"

자리에 앉자 사사키가 말했다. 그리고 즉시 다가와서 맥을 짚어 보려고 했다. 나는 화가 난다는 듯이 손을 뿌리쳤다.

이런 일을 되풀이하며 오후 8시 30분에 교토에 도착. 이쓰코, 기쿠타로, 교지로가 플랫폼에 마중 나와 있었다.

"형님, 다 함께 나오시다니 송구합니다."

사쓰코가 어울리지 않게 입에 발린 말을 한다.

"아니, 뭐, 내일이 일요일이라서 모두 쉬고 있어."

교토 역은 내릴 때 브리지를 한참 올라가야 해서 그 점이 불편하다.

"할아버지, 계단은 제가 업고 갈게요."

기쿠타로가 내 앞에 웅크리며 등을 들이댔다.

"농담하지 말거라. 아직 그렇게 비틀거릴 정도는 아니야."

말은 그렇게 했지만, 사사키가 허리를 밀어 주었다. 괜한 오기를 부려 계단참에서 쉬지 않고 단숨에 올라가고는 힘이 들어 숨을 헐떡거렸다. 모두 걱정스러운 듯이 내 얼굴을 보고 있었다.

"이번에는 며칠 정도 계셔?"

"글쎄, 아무래도 일주일은 걸리겠지? 너희 집에 조만간 하룻밤 정도는 신세를 지겠지만, 오늘은 일단 교토 호텔에서 잘 거다."

쓸데없는 수다가 시작되기 전에 가야지 하고 서둘러서 차를 탔다. 시로야마 일가는 다른 차를 타고 호텔로 뒤따라왔다.

싱글베드가 두 개인 방과 한 개인 방이 서로 이웃해 있다. 이것은 내가 미리 그렇게 주문을 해 두었다.

"사사키, 자네는 옆방에서 자 주게. 나는 사쓰짱하고 여기서 자겠네."

일부러 이쓰코 등이 있는 자리에서 '사쓰짱'이라는 호칭을 사용해 보았다. 이쓰코가 이상하다는 표정을 지었다.

"나는 혼자서 자게 해 줘요. 아버님은 사사키 씨하고 주무셔요."

"왜 그러지? 함께 자 주면 좋지 않냐? 도쿄에서도 가끔 그렇게 해 주었잖니."

이쓰코에게 들리도록 일부러 그렇게 말했다.

"옆방에서 사사키 씨가 자고 있으면 무슨 일이 있어도 안심이 되잖아? 안 그래? 사쓰짱, 여기에서 자 주거라."

"담배를 못 피워서 안 돼요."

"피우면 되잖아. 얼마든지 피워."

"그러면 사사키 씨한테 야단맞아요."

"기침이 심하셔서요."

사사키가 말을 받았다.

"옆에서 담배를 피우시면 콜록콜록 기침이 멈추지 않

아요.”

"이봐, 보이, 거기 있는 트렁크를 이쪽 방으로 가져다
줘.”

사쓰코는 개의치 않고 옆방으로 쑥 들어가 버렸다.

"손은 이제 완전히 나으신 건가요?”

이곳에 와서 갑자기 기세에 눌려 이리저리 눈동자를
굴리던 이쓰코는 이제야 겨우 한마디 끼어들었다.

"나을 리가 있겠어? 지금도 계속 아파.”

"어머, 그러세요? 어머니 편지에는 나으셨다고 써 있
던데요.”

"어머니에게는 그렇게 이야기해 두었어. 그렇게 하지
않으면 보내 주지 않으니까.”

사쓰코는 더스터 코트[59]를 벗고 재빨리 블라우스를 갈
아입은 후, 목걸이를 세 줄짜리 진주 목걸이로 바꾸고 화장
을 고치고 나왔다.

"저 배고파요, 아버님. 빨리 식당에 가요.”

이쓰코 일행은 식사를 끝냈다며 셋이서 테이블에 앉았
다. 사쓰코를 위해 라인 와인을 땄다. 생굴을 좋아하는 그녀
는 이곳의 것은 마토야만의 굴이라서 안전하다며 꽤나 집어
먹는다. 식후에 로비에서 이쓰코 일행과 한 시간 정도 잡담
을 나누었다.

"식사 후니까 한 대 정도 괜찮죠? 사사키 씨. 여기라면

---

59   더스터 코트(duster coat): 20세기 초 미국에서 자동차가 보급되기 시작했
      을 무렵에 비포장도로의 먼지를 막기 위해 입었던 코트.

연기도 안 차겠네.”

사쓰코는 핸드백에서 애용하는 쿨을 한 개비 꺼내어 입에 물었다. 평소 같으면 입에 바로 무는데, 오늘은 신기하게도 홀더를 사용했다. 가늘고 긴 진홍색 홀더다. 미리 홀더의 색에 맞추어 매니큐어도 평소보다 더 붉게 칠했다. 입술의 루주도 마찬가지다. 손가락이 눈에 띄게 하얗다. 붉은색과 흰색의 대조를 이쓰코 앞에서 보란 듯이 과시하는 것이 목적이었던 것 같다.

13일. 오전 10시에 난젠지 시모카와라마치에 있는 시로야마 가를 찾아갔다. 사쓰코와 사사키를 동반했다. 내가 이 집을 방문한 건 이것으로 두 번째라고 하는데, 처음에 방문한 것이 언제였는지 도통 기억이 나지 않는다. 시로야마 가는 원래 요시다 산에 있었는데, 당시에는 종종 왕래한 기억이 있지만, 주인인 소조의 사후 유족이 이곳으로 이사를 오고 나서는 거의 찾아오지 않게 되었다. 오늘은 일요일이고 백화점에서 근무하는 기쿠타로는 부재중이지만, 교토 대학교 공과 대학에 통학 중인 교지로는 집에 있었다. 사쓰코는 아버님의 묏자리를 보러 가는 것은 재미가 없으니까 사양하고 싶다. 이제부터 시조도리에 가서 ‘기리하타’[60]나 다카시마야 백화점에서 쇼핑을 하고 오후에는 다카오 쪽으로 단풍 구경을 가고 싶은데 혼자 가면 쓸쓸하니 안내해 줄 사

---

60 교토에서 가장 큰 번화가. 백화점과 전통 있는 노점포, 최신 가게까지 여러 가지 상점들이 들어서 있음.

람이 있을까 하고 묻는다. 교지로는 묏자리를 보러 다니는 것보다는 그쪽이 낫다며, 자신이 안내하겠다고 말한다. 이렇게 의견이 일치하여 사쓰코와 교지로가 먼저 출발. 나, 이쓰코, 사사키 세 사람은 효테이의 반달 도시락으로 점심을 때운 후, 시시가타니의 호넨인에서 시작하여 구로다니의 신뇨도, 이치조지의 만주인 근처를 드라이브하기로 결정했다. 밤에는 사가의 깃초에 사쓰코 일행과 기쿠타로 일행도 참가하여 만찬을 함께할 계획이다.

　　나의 선조는 먼 옛날 고슈 상인 출신이라는데 4~6대 전부터 에도에 살기 시작했다. 나도 혼조 와리게스이에서 태어났기 때문에 도쿄 토박이임에 틀림없다. 하지만 나는 요즘 도쿄가 마음에 들지 않는다. 교토 쪽의 정취가 예전의 도쿄를 생각나게 해서 오히려 더 정겹다. 지금의 도쿄를 이렇게 얄팍한 난맥의 도시로 만든 것은 누구의 소행일까. 모두 시골에서 올라온 촌뜨기 농사꾼 출신으로, 옛 도쿄의 정취도 모르면서 정치가라 칭하는 인간들의 짓이 아닌가? 니혼바시나 요로이바시, 쓰키지바시, 야나기바시가 있던 그 아름다운 강을 시커먼 도랑으로 만들어 버린 것은 그자들이 아닌가? 스미다가와에 하얀 뱅어가 헤엄치던 시절이 있었음을 모르는 작자들의 짓이 아닌가? 죽고 나면 어디에 묻히든 상관이 없을 것 같지만, 지금의 도쿄처럼 불쾌하고 나와 연이 끊겨 버린 지역에 묻히기는 싫다. 가급적이면 아버지나 어머니, 할아버지나 할머니들의 묘도 도쿄가 아닌 어딘가 다른 곳으로 모시고 싶을 정도다. 조부모나 부모도 옛날에 처음으로 묻혔던 곳에 묻혀 있는 것은 아니다. 조부모의 묘는 후카가와의 오나기강 근처의 어느 홋케지(法華寺)에 있었던 것인데, 얼마 후 그 주변 일대가 공장 지대가 되는 바람에 절이 아사쿠사의 류센지마치로 이전을 했고 그것도 대지진 때 불타 버려서, 지금은 다마 묘지로 옮겼다. 그렇기 때문에 부처님들을 도쿄에 모셔 두면 유골이 되어서도 여기저기 쫓겨 다녀야 한다. 그러한 점에서 뭐니 뭐니 해도 교토가 가장 안전하다. 조상 대대로 도쿄 토박이라고 해도 5~6대 전의 일은 알 수가 없다. 우리 집안도 아주 먼 조상은 교토 쪽에서 나왔을 것이다. 어쨌든 교토에 묻히면, 도쿄 사람들도 내내 놀러 올 터다. '아, 여기에 할아버지의 묘가 있었지.'라고 오며 가며 선행을 한 가지라도 더 할 것이다. 도쿄 토박이와는 아무런 인연이 없는 기타다마 군에 있는 다마 묘지 같은 곳에 묻히는 것보다는 훨씬 낫다.

"그런 의미에선 호넨인이 제일 적당하지 않나요?"

만주인의 계단을 내려오면서 이쓰코가 말했다.

"만주인은 산보를 하는 김에 들르기에는 너무 멀고, 구로타니라 해도 마음먹고 가지 않으면 그 언덕 위까지 묘를 찾아가지는 않을 것 같아서요."

"나도 그런 생각이 드는구나."

"호넨인이라면 지금은 도심 한복판이고, 시전(市電)이 바로 옆을 지나가기도 하고 소스이에 벚꽃이 필 무렵에는 더 활기가 있어요. 게다가 절 경내로 한 걸음 들어가면 고즈넉해서 마음이 저절로 평안해지기도 하니, 거기보다 더 좋은 곳은 없는 것 같아요."

"나도 법화 쪽은 싫어서 정토종으로 바꿔도 될 것 같은

데, 묏자리는 분양해 줄까?"

"저도 이따금씩 호넨인에 산책을 가기 때문에 주지 스님하고 친해져서, 얼마 전에 물어보았어요. 원하신다면 묏자리를 분양하겠다고, 정토종으로 한정하지는 않는데요. 일연종이라도 괜찮다고 했는걸요."

묏자리를 보러 다니는 일은 그렇게 중단하고 다이토쿠지(大德寺)에서 기타노로 나와, 오무로에서 석가당 앞으로 가서 덴류지(天龍寺) 앞을 거쳐 깃초에 도착. 아직 시각이 너무 일러서 사쓰코 일행도, 기쿠타로도 오지 않았다. 한동안 별실에 침실을 잡아서 휴식을 취했다. 그럭저럭하는 동안에 기쿠타로가 먼저 도착. 이어서 6시 30분이 지나 사쓰코 일행 도착. 일단 교토 호텔로 돌아갔다가 다시 왔다고 한다.

"많이 기다리셨나요?"

"꽤 기다렸지. 호텔에 돌아가서 뭘 했니?"

"추워질 것 같아서 옷을 갈아입고 왔어요. 아버님도 조심하시지 않으면 감기에 걸리셔."

시조도리에서 사 온 것을 즉시 입어 보고 싶었던 게다. 흰 블라우스에, 수레국화 빛깔의 푸른 바탕에 은색 실로 수를 놓은 스웨터를 입고 있다. 무슨 꿍꿍이인지 반지도 바꾸었는데 문제의 캐츠아이를 끼고 있었다.

"묏자리는 정해졌어요?"

"대충 호넨인으로 정했어. 절에서도 허락을 했다고 해!"

"그것참 잘됐네. 그럼 도쿄에는 언제 돌아가요?"

"바보 같긴. 이제부터 절의 석수장이를 불러서 묘 양식에 대해 이것저것 상담을 해야 해. 그렇게 간단히 정할 수 없어.”

“할아버지, 가와카쓰 씨의 석조 미술책을 펼쳐 놓고 여러 번 조사하셨지 않아요? 묘는 역시 오륜탑[61]만 한 것이 없다면서요.”

“생각이 또 바뀌었어. 꼭 오륜이 아니라도 괜찮을 것 같아.”

“나 같은 사람은 어떤 것이 좋은지 통 모르겠네. 어차피 나하고는 관계가 없는 일이긴 하지만.”

“그렇지 않아.”

나는 ‘자네’라고 하다가 말을 바꾸어서, ‘너’라고 부르며 말을 이었다.

“너하고도 관계가 많아.”

“나하고 무슨 관계가 있어요?”

“이제 곧 관계가 있다는 것을 알게 될 거야.”

“어쨌든 빨리 정하고 어서 도쿄로 돌아가고 싶어요.”

“뭐, 그런 거군.”

이쓰코, 기쿠타로, 교지로, 사사키 네 명의 시선이 자연스레 사쓰코의 왼손 약지로 모였다. 사쓰코는 태연해서 기가 죽는 기색도 없다. 무릎 위에서 캐츠아이를 번쩍이며 방석에 비스듬하게 앉아 있다.

“외숙모, 그게 캐츠아이라는 보석이에요?”

분위기가 어색했는지 기쿠타로가 갑자기 물었다.

“응, 맞아.”

---

61 오륜탑(五輪塔): 공양이나 묘비로 쓰이는 탑으로 위에서부터 공륜(空輪), 풍륜(風輪), 화륜(火輪), 수륜(水輪), 지륜(地輪), 다섯 개의 탑으로 이루어진다.

"그런 돌은 몇백만 엔이나 하죠?"

"그런 돌이라니 실례야. 이게 300만 엔이라고."

"할아버지한테 300만 엔을 내게 하다니 외숙모 솜씨 참 대단하네."

"아유, 정말 기쿠타로, 부탁이니까 그 '외숙모'라는 말 좀 집어치워 줘. 기쿠짱은 이제 어린애도 아니니까, 나를 외숙모 취급할 자격 없어. 나하고 두세 살 차이밖에 안 나면서."

"그럼 뭐라 부르면 좋겠습니까? 세 살 차이라도 외숙모는 외숙모라서요."

"'외숙모'라는 말은 그만두고 '사쓰짱'이라고 해. 기쿠짱도, 교짱도 그렇게 불러. 그렇게 부르지 않으면 대답 안 할 테니까."

"외숙모는, 이크, 또 '외숙모'라고 해 버렸네. 외숙모는 그렇게 부르는 것이 좋을지 모르지만, 조키치 외삼촌이 화를 내지는 않을까?"

"설마 조키치가 화를 내겠어? 화를 내면 나도 화를 내 버릴 거야."

"아버지는 '사쓰짱'이라고 해도 괜찮지만, 우리 애들한테 그렇게 불리면 어쩌나요. 중간 정도로 타협해서 '사쓰코 씨'라고 하죠? 그게 좋겠어."

이쓰코가 씁쓸한 표정으로 말했다.

엄격하게 금주를 하고 있는 나, 술을 전혀 못하는 이쓰코, 조금은 할 줄 알겠지만 삼가는 사사키를 제외하고, 사쓰코와 기쿠타로 형제 세 명은 신이 나서 9시가 다 되어서야 식사가 끝났다. 사쓰코 혼자 이쓰코 일행을 난젠지로 전송

하고 호텔로 돌아갔다. 나와 사사키는 밤이 너무 늦었다고 해서 깃초에서 잤다.

　14일. 오전 8시 무렵 기상. 조식으로 석가당 옆에 있는 사가 두부를 주문해서 먹었다. 비닐봉지에 싼 두부를 따로 주문해 이쓰코에게 선물로 들고 가자고 해서 10시쯤에 호넨인을 방문. 사쓰코는 오늘은 하나미고지의 찻집에 전화를 해서, 올봄 하루히사와 함께 갔을 때 친구가 된 기온의 게이샤를 두세 명 불러 점심 식사를 같이했다. 그러고 나서 교고쿠에 있는 SY·쿄에이[62]에 가고, 밤에는 카바레로 끌고 가서 모두 함께 춤을 출 것이라고 한다. 나는 이쓰코의 소개로 호넨인의 주지를 면회하여 곧 묏자리 후보지를 보았다. 경내가 그윽하고 조용한 것은 정말로 이쓰코의 말 그대로였다. 예전에도 두세 번 지팡이를 짚고 온 적이 있기는 하지만, 이런 곳도 대도시 시내인가 하고 놀랄 정도다. 이 정도의 경관을 접한 것만으로도 쓰레기 더미를 홱 뒤집어 놓은 듯한 도쿄하고는 비교도 되지 않는다. 이곳으로 정하기를 잘했다는 생각이 들었다. 돌아가는 도중에 이쓰코를 동반하여 요리가 꽤 괜찮은 일본식 요리점 단쿠마의 카운터 자리에 앉아 식사를 하고 2시 무렵 호텔로 돌아왔다. 3시에 주지에게서 연락을 받았는지 석수장이가 면담을 하러 왔다. 로비에서 면담. 이쓰코와 사사키 동석함.

62　신교고쿠(新京極)의 영화관. SY는 쇼치쿠 양화 흥행부(松竹洋畫興行部)의 약자. 현재는 쇼치쿠쿄에이(松竹京映).

묘비석의 양식에 대해서는 나에게 여러 가지 안이 있기 때문에, 아직 어느 것으로 할지 고민이 되었다. 죽고 나서 어떤 형태의 돌 아래 묻히든 상관이 없을 것 같지만, 나는 역시 신경이 쓰인다. 어떤 돌 아래라도 관계없다고 할 수는 없다. 오늘날 일반적으로 사용하는 형식, 즉 평평한 직사각형 돌 표면에 계명 혹은 속명을 쓰고, 그 아래에 댓돌을 앉힌 후 앞에 선향을 세우는 구멍과 물을 바치는 구멍을 뚫는 형식은 너무나 평범해서, 세속적이고 무슨 일이든 배배 꼬아서 생각하는 나로서는 마음에 들지 않는다. 부모나 조부모의 묘비 형식에 어긋나는 것은 죄송스럽지만, 나는 아무래도 오륜탑으로 하고 싶다. 그것도 그렇게 오래된 양식이 아니라도 괜찮다. 가마쿠라 후기 정도의 모양으로 만족한다. 예컨대 후시미 구 다케다우치하타마치에 있는 안라쿠주인(安樂壽院) 오륜탑. 수륜이 아래쪽에서 좁아져서 단지 모양이 되고, 화륜 아래쪽 처마 밖으로 굽은 헌부(軒部)가 두껍고, 지붕의 늘어진 정도가 풍륜, 공륜 모두 가마쿠라 중기에서 후기로 옮겨 갈 무렵의 대표적 유품이라며, 가와카쓰 세이타로 씨가 언급한 그 작품, 그런 것은 어떨까? 그게 아니라면 쓰즈키 군 우지타와라무라에 있는 젠조지(善正寺)의 오륜탑. 이것은 요시노 시대의 전형적인 유품이라고 하는데, 이런 양식은 남방의 야마토 문화권에 유행한 것이라 한다. 그런 것도 나쁘지는 않다.

그런데 여기에 한 가지 더 다른 생각이 내 마음속에 있었다. 사쓰카와 씨의 저서를 보면, 가미교 구 센본카미타치우리아가루의 샤쿠조지(石像寺)에 아미타삼존석불이라는 것이 있다. 중존(中尊)에 정인미타좌상, 그 맞은편 오른쪽에 관세음보살, 왼쪽에 세지보살이 양옆으로 서 있는데, 사쓰카와 씨의 저서에 그 삼존(三尊)의 사진이 각각 실려 있다. 미타의 좌상을 비롯하여 관세음보살과 세지보살 입상은 매우 아름답다. 관세음보살은 다소 파손되었지만 세지보살은 거의 완전하게 보존되어 있다. 세지는 관세음과 같은 장신구를 하고 정면의 보관(寶冠)에서 영락(瓔珞), 천의(天衣), 광배(光背) 등에 이르기까지 꼼꼼하게 조각되었다. "화강암 석불의 아름다움을 이 석불만큼 표현하고 있는 작품은 거의 없다. (중략) 1225년에 조립 개안(造立開眼)되었다는 사실이 중존 뒤쪽에 새겨져 있다. 이처럼 대좌(臺座)와 광배를 하나의 돌로 만든 석불로서는 전국적으로 가장 오래된 것이며 또한 가마쿠라 시대 석불 양식의 기준을 여기서 찾을 수 있다는 점에서 귀중한 유품이다."라고 기록되어 있는데, 나는 이 사진을 보고 문득 생각이 떠올랐다. 가급적이면 사쓰코의 용모와 자태를 이와 같은 보살상으로 새겨서 몰래 관음이나 세지로 보이게 하여 그것을 내 묘비로 할 수는 없을까? 어차피 나는 신불(神佛)을 믿지 않는다. 내게 하느님이나 부처님이 있다면 사쓰코가 아니고 무엇이겠는가. 사쓰코의 입상 아래 묻히는 것이 내 소원이다.

　곤란한 점은 그것을 어떤 방법으로 실행에 옮기는가, 하는 바다. 모델이 되는 사쓰코나 조키치, 할멈에게 누구를 모델로 하는지 모르게 하는 일은 가능하다. 그렇게 하기 위해서는 사쓰코의 용모를 너무 노골적으로 똑같이 묘사하면 안 된다. 아련하게 그녀의 분위기를 풍기게 해야 한다. 나는 석재로 화강암을 사용하는 것을 피하고 부드러운 재질의 송

향석(松香石)을 사용하기로 했다. 그리고 선이 너무 선명하지 않도록 될 수 있으면 몽롱하게 표현해 달라고 주문할 것이다. 가능한 한 다른 사람들은 눈치채지 못하게 하고, 나 혼자서만 완전히, 나 혼자서만 확실하게 느낄 수 있도록 할 것이다. 그것이 꼭 불가능한 일은 아니라고 생각한다. 그러나 귀찮은 점은 입상을 제작하는 조각가에게는 모델이 누구인지 알리지 않을 수가 없다. 그러면 누구에게 제작 의뢰를 하면 좋을까? 평범한 작가의 기술로는 쉽게 완성될 일이 아니지만, 나는 불행하게도 조각가 친구가 한 명도 없다. 설령 그런 친구가 있더라도, 아니 우수한 기술을 갖추지 않았다고 하더라도 내가 무슨 목적으로 그러한 제작을 의뢰하는지 안다면, 그 친구가 과연 흔쾌히 수락해 줄까? 그렇게 부처님을 모독하는 미치광이 같은 발상의 실현에 그 사람이 기꺼이 손을 빌려 줄까? 그 사람이 뛰어난 예술가일수록 단호하게 거절해 버리지는 않을까? (또한 나로서도 그런 뻔뻔스러운 짓을 염치도 없이 부탁할 용기가 없다. 그 늙은이는 미친 것이 아닐까 하고 여겨지는 일은 생각만으로도 불쾌하다.) 나는 여기까지 정신없이 생각하다가 한 가지 방법이 있을지도 모른다는 사실을 깨달았다. 돌 표면에 보살상을 깊이 파 넣는 것은 전문가의 기술을 요하지만 엷은 선을 파 넣는 일이라면 보통의 기술자도 어느 정도 가능하지 않을까. 이에 대해서도 가와카쓰 씨의 저서를 보니, 가미교쿠 무라사키노 이마미야초의 이마미야 신사의 선각 사면석불이라는 것이 게재되어 있다. "약 2척각(尺角)[63] 되

---

63 척각은 사방이 한 자(30.3센티미터)인 재목을 나타내는 단위.

는 가모가와의 액땜 돌이라 불리는 치밀한 경사암의 사면에 사방으로 부처를 선각한 것으로, 조각 방법은 끌로 파는……(하략)"이라는 설명이 있고 "헤이안 시대 후기인 1125년 조각에 착수하여 일본 석불 중 굴지에 드는 오랜 기년명(紀年銘)을 갖는 유품"이라고 하며, 사면에 하나씩 새겨진 사방불, 아마타여래, 석가여래, 약사여래, 미륵보살 등의 좌상 탁본이 제시되어 있다. 또한 그 외에 청령석 선각 아미타 삼존석불의 하나로서 세지보살 좌상의 탁본을 게재해 두었다. "키가 큰 경사암 자연석의 삼면에 선각된 이 삼존은 내영[64]의 형식으로 되어 있는 것이 본문의 삽화와 같은데, 그중 가장 잘 보존되어 부처의 모습이 비교적 명료한 세지상면을 여기에 게재했다. 내영의 불타상 옆의 호위상으로서 구름을 타고 천상에서 하계로 비스듬하게 내려오는 모습은 아름답다. 무릎을 꿇고 합장을 하고 천의를 바람에 나부끼는 모습은 내영 예술이 성행하던 헤이안 시대 말기의 분위기를 자아낸다."라고 설명한다. 여래 좌상은 모두 남성적으로 결가부좌를 하고 있지만, 이 세지보살은 여성스럽게 양 무릎을 가지런히 모으고 앉아 있다. 나는 특히 이 보살상에 끌렸다. ……

　15일. 어제에 이어서 씀.

　나는 사면불은 필요 없다. 세지보살의 일면불로 충분하다. 따라서 정사각형의 돌은 필요 없다. 정면만 보살을 새길

64　내영(來迎): 불교에서 임종 때에 부처나 보살이 극락정토로 맞아들이러 오는 것을 말함.

수 있는 적당한 두께의 돌을 쓰면 족하다. 뒷면에는 내 속명, 그리고 필요하다면 계명도 추가하고 향년을 새기면 된다. 끌 조각 방법은 자세히 모른다. 어렸을 때 잿날에 절에 가면 대로에 부적을 파는 가게가 많이 나와 있었다. 그리고 놋쇠로 된 부적 표면에 끼익끼익 소리를 내며 어린아이의 주소, 나이, 성명 등을 끌처럼 생긴 칼로 파고 있었다. 매우 섬세한 선으로 글자를 새겨 나갔다. 끌이라는 게 그런 것일 터다. 그런 것이라면 그다지 어렵지는 않을 것 같다. 그뿐만 아니라 조각을 하는 사람에게 모델이 누구인지를 알리지 않고 새겨넣을 수가 있다. 나는 우선 나라에서 그림을 좀 아는 불공(佛工)에게 부탁해서 이마미야 신사의 사면불을 모방하여 세지보살상과 비슷한 것을 선각하게 하리라. 그리고 사쓰코의 다양한 용모와 자태가 담긴 사진을 보여 주고 보살의 얼굴과 몸통, 사지를 알게 모르게 사쓰코의 그것과 비슷하게 그리게끔 할 터다. 그런 후에 조각가에게 그 그림을 보여 주고 그대로 선각하게 하겠다. 이렇게 하면 내 마음속 비밀을 아무한테도 들킬 염려 없이 원하는 석불을 만들어 낼 수 있을 것이다. 그렇게 해서 나는 사쓰코 보살상 아래에서, 머리 위에 보관을 쓰고 가슴에 영락을 걸고 천의를 바람에 나부끼는 사쓰코의 석상 아래에서 영원히 잠들 수 있을 것이다.

나하고 석수장이는 이쓰코와 사사키를 옆에 두고 3시부터 5시 정도까지 호텔 로비에서 이런저런 이야기를 나누었다. 물론 나는 사쓰코를 모델로 하는 것을 석수장이나 이쓰코 쪽에서 모르게 했다. 가와카쓰 씨의 저서의 의해 알게 된 석상 미술 지식만 가지고 상당히 아는 체하며 피력한 데에 불과했다. 헤이안 시대나 가마쿠라 시대의 오륜탑에 관한 지식, 이마미야 신사의 사면불 여래상이나 보살상 선각에 관한 지식, 두 무릎을 가지런히 모으고 앉은 청령석 선각 세지보살에 관한 지식 등으로 그들을 놀라게 하기는 했지만, 사쓰코 보살 계획은 마음속 깊이 담아 두고 아무도 눈치 채지 못하게 했다.

"그래서 결국 묘비석 형식은 어느 쪽으로 결정하실 건가요? 참으로 전문가도 따라가지 못할 만큼 많은 것을 알고 계셔서, 저 같은 것은 드릴 말씀이 아무것도 없습니다만."

"나도 어떻게 하는 것이 좋을지 고민됩니다. 지금 또 새로 생각난 것도 있어서, 뭐, 하루 이틀 생각 좀 해 보겠습니다. 조만간 생각이 정리되면 다시 한 번 와 달라고 부탁드리겠습니다. 바쁘신데 오래 붙잡아서 대단히 죄송합니다."

석수장이가 물러간 후 이쓰코도 돌아갔다. 나는 방으로 돌아가서 안마를 불렀다.

나는 저녁을 먹은 후에 갑자기 마음먹고 외출을 하기 위해 자동차를 불렀다.

"이 시간에 어디를 가시려고요? 밤에는 추우니 내일 가시는 것이……"

사사키가 깜짝 놀라서 만류했다.

"아니 잠깐 다녀올게. 걸어서 다녀올 수 있는 곳이야."

"걸어가시다니 말도 안 돼요. 교토의 밤은 쌀쌀하니 부디 조심하라고 큰 사모님께서 단단히 일러두셨습니다."

"꼭 필요한 물건이 있어. 자네도 같이 가 줘. 오 분, 십분이면 돼."

내가 막무가내로 나가려 하자 사사키는 주저주저하며 뒤따라왔다. 내가 가려는 곳은 가와라마치 니조히가시이루에 있는 필묵상 지쿠스이켄[65]이다. 호텔을 나가서 오 분도 걸리지 않는 곳. 가게 앞에 앉아서 예전부터 알고 지낸 주인과 인사를 나누고, 새끼손가락 크기의 최고급 중국제 주묵(朱墨) 하나를 2000엔에 샀다. 그 외에 거금 1만 엔을 내고 벼루 하나, 금테를 두른 백당지(白唐紙) 대형 색지 스무 장.

"오랫동안 뵙지 못했는데 여전히 건강해 보이시네요."

"아니 전혀 건강하지 않아. 이번에는 교토에 내 묏자리를 보러 왔네. 언제 죽어도 이상하지 않을 정도가 되어서."

"에이, 말씀이 너무 지나치시네요. 그런데 뭐 더 필요하신 것은 없으신가요? 정판교[66]의 글이 있는데 보시겠습니까?"

"이보게, 그보다는 뭘 좀 샀으면 하는 것이 있어. 갑자기 이상한 부탁을 하려니 미안하네만."

"무엇입니까?"

"홍견(紅絹) 천 조각 두 자 정도하고 이불솜이 있으면 한 움큼 정도 나눠 줄 수 있나?"

"이상한 것을 찾으시네요. 도대체 무엇에 쓰시려고요?"

"갑자기 탁본을 할 일이 생겨서 말이네. 거기에 사용할

---

65   지쿠스이켄(竹翠軒): 현재도 같은 데에 위치한 필묵상 '고세쓰켄(香雪軒)'이 모델. 다니자키 준이치로도 여기서 붓을 사 썼다고 함.

66   정판교(鄭板橋, 1693~1765): 청조 중기의 화가. 대표작은 「죽림도(竹林図)」.

솜방망이가 필요하네."

"아, 예, 알겠습니다. 솜방망이를 만드시는 거군요. 그런 것이라면 쓸 만한 게 있을 겁니다. 지금 바로 집에 들어가서 찾아보겠습니다."

2~3분 지난 후 안에서 그 집 주부가 홍견 조각과 이불 솜을 가지고 나왔다.

"됐네, 됐어. 이거면 바로 쓸 수 있겠군. 값은 얼마지?"

"이런 걸 어떻게 돈을 받고 팔겠습니까? 이것으로 괜찮다면 아직 더 있으니까 얼마든지 말씀해 주세요."

사사키는 무엇에 사용하겠다는 것인지 도통 짐작이 가지 않는다는 듯이 어이없어 했다.

"그럼 이것으로 됐네. 이제 돌아가지."

나는 서둘러 자동차에 올라탔다.

사쓰코는 아직 호텔에 돌아오지 않았다.

16일. 오늘은 종일 호텔에서 휴양하기로 했다. 집을 나와서 나흘간 근자에 없이 활동한 데다가 그동안 번거로운 일기를 쓰기도 해서 나도 쉴 필요가 있기는 하지만, 오늘 하루는 사사키에게도 시간을 주기로 약속되어 있었다. 사사키는 사이타마 현 출신으로 간사이 방면은 한 번도 여행한 적이 없다. 그래서 이번 교토행을 전부터 기대하고 있었는데, 교토 체재 중 하루 시간을 내어 나라를 구경하게 해 달라고 했다. 나는 생각하는 바가 있어서 특별히 그날을 오늘로 골랐다. 그리고 이쓰코는 사사키를 안내해 주게끔 딸려 보내기로 했다. 이쓰코도 한동안 나라에 가 보지 못했으니 이 기회에 가 보는 게 어떠냐며 내가 권했다. 이쓰코는 어쨌든 내성적인 성격이라 별로 밖에 나가고 싶어 하지 않는다. 고인이 된 부군 소조의 살아생전에도 부부가 여행을 한 적은 거의 없었다. 하다못해 나라의 절 정도는 봐 두어도 좋을 테고, 특히 이번에 내 묏자리를 정하는 데 있어서도 반드시 참고할 만한 것이 있으리라고 이야기해 두었다. 나는 이쓰코를 위해 자동차를 하루 빌려주고, 도중에 우지의 뵤도인(平等院)을 보고 나라에 가서 도다이지(東大寺), 신야쿠시지(新藥師寺), 니시노쿄의 홋케지 정도는 빼놓지 말고 보라고 했다. 당일치기하기에는 좀 무리한 일정이니까 강행군이 되겠지만, 이즈의 장어회라도 싸 들고 아침 일찍 출발해서 점심 전에 도다이지를 다 구경한 후 대불 앞에 있는 찻집에서 도시락을 먹고, 그다음에 신야쿠시지, 홋케지, 야쿠시지 등을 보고 다녀라. 해가 짧으니까 어두워지기 전에 다 보고 나라호텔에서 저녁 식사를 하고 돌아와라. 밤늦게라도 오늘 중으로 돌아오면 된다. 내 걱정은 할 필요 없다. 오늘은 사쓰코가 나를 돌보기로 해서 하루 종일 외출하지 않고 내 방에 계속 붙어 있어 주겠다 했다고 그녀들에게 통고했다.

오전 7시에 이쓰코가 자동차로 사사키를 데리러 왔다.

"안녕하세요. 아버지는 아침은 늘 빠르시네요."

이쓰코가 보자기를 풀어 죽엽에 싼 물건 두 개를 나이트 테이블 위에 올려놓았다.

"어젯밤에 이즈의 장어회를 사다 놓아서 오는 김에 가지고 왔어요. 사쓰짱하고 둘이서 아침 식사로 드세요."

"어이구, 이거 참 고맙구나."

"그 외에 나라에서 뭐 사실 것은 없으세요? 고사리떡[67]은 어떠세요?"

"그런 것은 필요 없어. 야쿠시지에 가면 불족석(佛足石)을 참배하는 걸 꼭 잊지 말거라."

"불족석이요?"

"응, 그래. 부처님의 발자국을 돌에 새긴 거야. 석가모니의 발은 영험이 뚜렷하지. 부처님이 보행하실 때는, 발이 땅에서 네 치 정도 떨어지고 발바닥에 있는 천복륜[68]의 상이 땅에 나타나. 발아래 있는 수많은 벌레들이 이레 동안 위해를 입지 않는다고 해. 그 발바닥 모양을 돌에 새긴 것을, 중국과 조선에서도 보존하고 있는데, 일본에는 나라의 야쿠시지에 있어. 그것을 꼭 참배하고 오거라."

"알겠습니다. 그러면 다녀오겠습니다. 오늘 하루만은 확실하게 사사키 씨를 맡겠습니다. 아버지도 부디 무리하지 마세요."

"안녕"

사쓰코가 졸린 듯한 눈을 문지르며 옆방에서 들어왔다.

"작은 사모님, 오늘은 정말로 죄송했습니다. 모처럼 쉬시는데 깨워서요. 죄스러워서 벌을 받을 것 같아요."

사사키가 자꾸만 구차하게 특별한 말로 고맙다는 말을 하며 이쓰코와 함께 나갔다.

사쓰코는 네글리제 위에 퀼팅을 한 수레국화색 나이트

---

67   나라 공원 일대 찻집에서 파는 고사리 가루로 만든 떡.

68   천복륜(千輻輪): 바큇살이 1000개 달린 바퀴.

가운을 입고, 검은 색 바탕에 밝은색 꽃무늬가 있는 새틴 슬리퍼를 신었는데, 사사키가 누웠던 침대에는 누우려고 하지 않았다. 소파에 누워 내가 외출할 때 사용하는 에가[69]의 무릎 덮개, 현 바탕에 검정과 빨강의 체크무늬 천을 다리에 두르고, 자기 방에서 베개를 가지고 와서 다리에 두르고 하려 들 듯이 않았다. 이젯밤 카바에에서 늦게 돌아와 수면도 하게 행하고 누워 잠은 체 나이에게는 이부 밀가 부족해서 그런 것인지, 밤을 시키기는 게 귀찮아서 자는 척하는지 잘 모르겠다.

나는 일어나서 세수를 마치고, 방으로 일본 차를 챙긴 탈리고 해서 장어힐을 마구 집어 먹었다. 세 개나 먹었으니 아침밥으로는 충분하다. 잠을 자는 사쓰코를 깨우지 않기 위해 조심조심 먹었는데 다 먹었는데도 사쓰코는 여전히 자고 있었다.

나는 지큐스이켄에서 사 온 배를 깨내 책상 위에 올려놓고 천천히 박을 걸었다. 주목 하나를 반 정도 걸었다. 그다음에 이불솜을 뜯어서 큰 것은 6~7센티미터, 작은 것은 2센티미터 정도로 둥글게 말아 종잇으로 싸서 방안이를 만들었다. 크고 작은 솜방망이를 두 개씩, 도합 네 개를 만들었다.

"아버님, 나 30분 정도 나갔다 와도 돼? 잠깐 식당에 다녀오고 싶어."

어느새 사쓰코가 눈을 뜨고 있다. 소파에 앉아 있는

*가(JAEGER): 영국의 패션 브랜드

데, 가운 사이로 양쪽 무릎이 드러나 있다. 세지보살의 그 모습이 떠올랐다.

　"식당에 안 가도 되지 않겠니? 여기에 장어가 이렇게 많이 남아 있는데. 여기서 이것을 먹거라."

　"그래, 그럼 그렇게 할게."

　"자네하고 갯장어를 먹는 것은 하마사쿠 이래 처음이지."

　"그렇네. 아버님, 아까부터 뭘 하고 있어?"

　"아니 뭐, 좀."

　"주묵을 갈아서 뭐하게?"

　"그런 걸 왜 물어봐. 어서 장어나 먹어."

　젊었을 때 별생각 없이 봐 둔 것이 언제 어느 때 도움 될지 모르는 법이다. 나는 중국을 두세 번 여행한 적이 있는데, 중국뿐만 아니라 일본의 어딘가를 여행할 때도 우연히 사람들이 야외에서 탁본하는 모습을 본 기억이 있다. 중국인들은 탁본 기술이 매우 숙달되어 있어서 바람이 부는 동안에도 아무렇지 않게 브러시에 물을 찍어 비석 표면에 흰 종이를 대고는 옆에서 탁탁 두들긴다. 일본인들은 면밀하게, 거의 신경질적으로 조심하며 크고 작은 여러 개의 솜방망이에 먹 혹은 검은 인주를 묻혀 세세한 선을 하나하나 정성스럽게 문질러 간다. 검은 먹 또는 검은 인주로 하는 경우도 있지만 주묵이나 붉은 인주로 할 때도 있다. 나는 이 인주 탁본이 매우 아름답게 느껴졌다.

　"잘 먹었습니다, 오랜만에 먹으니 맛있네."

　차를 마시는 사쓰코를 붙잡고 나는 슬슬 말을 끼

시작했다.

"여기 있는 이 숨방망이 말이야. 이게 탄불을 들 때 쓰는 숨방망이라는 거야."

"뭐에 쓰려는 건데?"

"여기에 빽빽이나 인줄을 박아서 돌 표면을 탁탁 두들겨서 탄불을 뜨는 거지. 나는 붉은색으로 탄불 뜨는 것을 아주 좋아해."

"돌이 있잖아."

"으르는 돌으로 쓰지 않아. 돌 대신 다른 어떤 것을 쓸 거야."

"무엇을 쓸 건데?"

"자네 빽빽이를 뜨게 해 줘. 그렇게 해서 이 빽단지 색지 위에 주묵으로 빽빽이 탁탁을 뜰 거야."

"그걸 뭐에 쓰게?"

"그 탄불을 빽빙으로 사, 쏘쫘 밥을 뜨는 불중서를 만드기야. 내가 죽으면 빼를 그 불 아래 묻을 거야. 그게 진정 대왕생이지."

17일. 어제에 이어 계속.

나는 처음에 내가 무슨 목적으로 샤쓰코의 발바닥 탁본을 뜨는지 그녀에게는 비밀로 할 생각이었다. 그녀의 발바닥을 불투명한 색지에 새기고 사후에 그 틀 아래 내 뼈를 묻고 그로써 나타는 인간, 우쓰기 도무스케의 묘를 대신할 것이라는 생각을 샤쓰코에게 알리지 않는 편이 좋다고 생각했었다. 그런데 어제 갑자기 마음이 바뀌어 그녀에게는 털어놓는 것이 좋겠다고 생각하게 되었다. 그 이유는 무엇일까?

무엇 때문에 샤쓰코에게 마음을 털어놓은 것일까?

첫째는 그것을 털어놓으면 그녀가 어떤 표정을 하고 어떤 심리 상태가 펼쳐 그 반응을 보고 싶었다. 그다음으로는 그녀가 그 사실을 안 후에 자신의 발바닥 모양이 배당지 위에 찍히는 것을 보았을 때의 그녀의 심정, 그것을 알고 싶었다. 발에 자신 있는 그녀는 자신의 발이 부어 밤에 비전되며 주목으로 종이 위에 찍히는 광경

7

마음속으로 희열을 금치 못할 것이 틀림없었다. 나는 그때 그 너의 기뻐하는 얼굴을 보고 싶었다. 말로는 '미친 짓이야.' 그

라고 할 것이 뻔하지만, 마음속으로는 얼마나 기뻐할까? 또 그녀는 미치지 않아 내가 죽고 난 후에 '그 바보 같은 늙은

이는 나의 이 아름다운 발 아래에 묻혀 있어. 나는 그 불쌍 한 노인의 뼈를 지금도 여전히 땅속에서도 불쾌하겠지'라

고 생각할 것이다. 어느 정도는 통쾌하겠지만, 오히려 불쾌 한 감정이 더 강할 테다. 하지만 기분이 나쁘기 때문에 있으

려 해도 쉽게 잊히지 않을 것이다. 하지만 나는 그녀를 배부 려 얼을 떨쳐 버릴 수 없으리라. 생전의 나는 그녀를 배부

본 사람이었다. 하지만 사후에 다소라도 안갚음을 해 줄 생각 이 있다면 이런 방법 외에는 없다. 죽고 나면 그런 생각을

할 의지가 없어지는 것일까? 아무래도 의지되는 않은 것 같 다. 육체가 없어지면 의지도 없어지는 것이다. 그렇지만 꼭 그

런 것은 아닐 터이다. 예를 들어 그녀의 지지도 도려지는 것이며 일부도 옮아가서 살아남을 것이다. 그녀가 들을 짓밟으며

'나는 지금 노망난 그 늙은이의 뼈를 이 땅속에서 짓밟고 있 다.'라고 느낄 때, 내 혼도 어디에선가 살아서 그녀의 무게

를 느끼며 고통스러워하고, 곱고 맵시진 그녀 만점한 발바닥의 부드 못할 리가 없다. 마찬가지로 사쓰코도 땅속에서 기까이 그

녀의 무게를 견디고 있는 내 혼의 존재를 느낄 것이다. 어쩌 면 흙 속에서 뼈와 뼈가 딱딱 소리를 내며 뒤엉켜서 서로 웃

녀 노래하고 뼈 겪고 있는 소리까지 들릴 때만 그럴 것이 아니다. 지신

의 발을 모델로 한 불족석의 존재를 생각하는 것만으로도 그 돌 아래에서 뼈가 울고 있는 소리가 들릴 터다. 나는 울면서 '아파, 아파.'라고 외칠 것이며, '아프지만 즐거워, 더없이 즐거워, 살아 있을 때보다 훨씬 더 즐거워.'라고 외칠 테다. 또 '더 밟아 줘. 더 세게 밟아 줘.'라고 외치리라. ……

"오늘은 돌은 쓰지 않아. 돌 대신 다른 어떤 것을 쓸 거야."

아까 내가 이렇게 말을 했을 때, 그녀는 "무엇을 쓸 건데?" 하고 물었다. 그에 대해 나는 대답했다.

"자네 발바닥을 두들기게 해 줘. 그렇게 해서 이 백당지 위에 주묵으로 발바닥 탁본을 뜰 거야."

그녀가 만약 진심으로 그것을 남사스럽다고 생각했다면 좀 다른 표정을 보였을 것이다. 그런데 그녀는 "그걸 뭐에 쓰게?"라고 했을 뿐이었다. 그 탁본을 바탕으로 그녀의 발을 본뜬 불족석을 만들 것이라고, 내가 죽고 나서 그 돌 밑에 내 뼈를 묻을 것이라는 사실을 알았을 때에도, 그녀는 별다른 의견을 내지 않았다. 여기에서 나는 사쓰코에게 반대의 뜻이 없을 뿐만 아니라 적어도 그것을 재미있어 한다는 사실을 알았다. 다행히 내 방에는 별실이 있고, 그곳은 다다미 여섯 장 크기의 다다미방이다. 나는 그 방을 더럽히지 않기 위해 보이에게 명령하여 대형 시트 두 장을 가져오게 했다. 그리고 두 장을 이중으로 겹쳐서 다다미 위에 깔았다. 주묵의 벼루와 붓을 쟁반에 올려 시트 위에 올려놓았다. 그다음에 소파에 있던 사쓰코의 베개를 가지고 와서 적당한 위치에 놓았다.

"자, 신, 쏘, 짱, 이런 걸 아무것도 없어, 그대로 이리 와서 이 시트 위에 누워 있으면 돼. 나머진 내가 다 알아서 할게."

"이대로 괜찮지이? 옷에 주름이 묻지 않을까?"

"옷에는 절대로 묻히지 않아. 주름을 철하는 것은 자네 발바닥뿐이야."

그녀는 시키는 대로 했다. 두 발을 가지런히 하고 철창을 향해 누웠다. 발을 조금 젖혀서 내게 발바닥이 맨로하게 보이도록 말이다.

이 정도 준비가 갖추어지자, 나는 우선 첫 번째 솜방이에 인주를 먹였다. 그리고 다시 그것으로 두 번째 솜방이를 두들겨 인주를 없게 했다. 나는 그녀의 두 발을 두세 마디 간격으로 벌려 놓고, 오른쪽 발바닥부터 두 번째 솜방이로 주의 깊게 누름기가 시작했다. 결 하나하나가 분명하게 구분되어 찍히도록 말이다.

불룩한 부분에서 쏙 들어간 부분으로 옮겨 가는 그 이음매 부분은 꽤 어려웠다. 나는 왼손을 움직이는 것이 부자연스러웠기에 손을 마음대로 사용할 수 없어서 더욱 힘들었기 적이 없었다. '정대로 옷에는 묻히지 않아. 발바닥에만 철할 거야?'라고 했지만, 가끔씩 실수로 발등이나 네 발리제 지각을 더럽혔다. 그러나 가끔씩 하는 실수로 인해 발등이나 발바닥을 타월로 닦거나 다시 철하는 것이 더없이 즐거웠다. 몇 번이고 다시 해도 철할 줄을 몰랐다. 마침내 두 발을 만족스럽게 다 철했다. 오른쪽 발부터 아침내 처음고 아래쪽에서부터 색지를 대고 발바닥으로 도장을 찍듯이 찍었다. 몇 번이나 시도를 했지만 제대로 되지 않아 희망하는 탁본을 찍지는 못했다. 새지 스무 장을 다 허비했다. 나는 지규스이켄에 전화를 걸어 당장 새지 마흔 장을 가져다 달라고 주문했다. 이번에는 방법을 달리하여 발바닥의 인주를 싹 닦아 내고, 발가락 하나하나, 그 사이사이를 다 닦은 후 일어나서 의자에 앉았다. 그리고 나는 그 아래에 누워 갑갑한 자세를 참아 가며 발바닥을 두들겨 새지 위를 위로 발로 밟아 날인하게 했다. ……

원래 예정은 이쓰코와 사사키가 돌아오기 전에 일을 마치고, 더러워진 시트를 보이에게 준 다음 수십 장의 발바닥 탁본 새지를 일단 지규스이켄에 맡기고 아무 일도 없었던 것처럼 방을 청소한 뒤 시치미를 뗄 생각이 있다. 하지만 그게 내 마음대로 되지 않았다. 그녀들은 의외로 빨리, 9시 전에 돌아왔다. 나는 노크 소리를 듣고서야 대답을 할 새도 없이 문이 열리고 그녀들이 들어왔다. 사쓰코는 제빨리 욕실로 숨었다. 일본식 방에는 인주와 흰 반점이 무수하게 점점이 흩어져 있있다. 그녀들은 아연히 병뿡하여 잠자코 얼굴을 마주 보았다. 사사키는 마않이 협앉을 젔고 "232입니다."라고 편하지 않은 표정으로 말했다. ……

17일 아침. 시즈쿠가 아무 일 안 해도 일이 제멋대로 돼 교로 데나갔다는 사실을 안 것은 오전 11시 무렵이었다. 아침 식사 때 식탁에 나타나지 않은 것은 늦잠꾸러기인 그녀에게 는 있는 일이기 때문에, 나는 시즈쿠가 아직 자고 있으리라 고 생각했다. 그런데 이게 웬일인가? 그녀는 그 시각 라무 진 택시를 탈래라 이타미로 향하고 있었다. 11시 전후에 이 쓰코가 방으로 찾아와서 "크로일 났어요."라고 알렸다.

"내가 그 일을 안 것이 언제냐?"

"네로 지금이에요. 오늘은 어디를 데리고 가면 될까 해 아브레고 가 보니, 갑자기 프런트에서 '우쓰기 댁 시즈쿠는 이까 훈자 이타미로 출발하셨어.'라고 하는 거예요."

"누굴 바보로 알아? 너는 진작부터 알고 있었지?"

"말도 안 돼요. 내가 뭘 알고 있어요?"

"무슨 말을 하는 거야? 엄청하긴. 물이 째고 그런 걸 모 를 줄 알고?"

"아니에요, 그렇지 않아요. 지금 이 호텔에서 듣는 거예 요. '심은 시즈쿠께 저신은 아버님 불때 한발 앞서 닛코로 돌아가겠다고, 이타미에 도착할 때까지는 절대로 아무에게 도 이야기해서는 안 된다고 말씀하셔서 말씀 못 드리고 있었 습니다.'라는 이야기를 프런트에서 듣고 깜짝 놀랐어요."

"기짓말하긴 지빼졌네. 늦은 여우 같은 것. 필시 내가 시즈쿠의 화를 돋우어 떠나게 한 거지? 너도 그렇고, 구가 도 그렇고 그만 캄빠해서 속이는 데는 옛날부터 도가

— 네가 그렇고 그만 깜빠한 게 잘못이네."

정말 너무해! 무슨 말씀하시는 거예요?"

"사사키 씨."

"네."

"네? 뭐야. 자네도 이쓰코한테 들어서 알고 있겠지? 모두 한통속이 되어서 이 늙은이를 속이려는 거지. 모두 사쓰코를 눈엣가시로 여기고."

"그런 식으로 생각하시면 사사키 씨야말로 불편하겠네요. 사사키 씨, 잠시만 로비에라도 가 있어 주세요. 기회가 됐으니 아버지께 여쭤보고 싶은 것도 있고, 어차피 늙은 여우 소리도 들은 이상, 저도 할 말은 해야겠어요."

"혈압이 높으셔서 적당히 하셔야……."

"네, 네. 알고 있어요."

이쓰코 이야기는 다음과 같았다.

자기가 사쓰짱을 떠나도록 일을 꾸몄다는 것은 전혀 근거 없는 누명이다. 자기가 생각할 때는 사쓰짱이 떠난 것은 그 외에 뭔가 빨리 도쿄에 돌아가고 싶은 이유가 있었던 게 아닐까 한다. 자기는 그 이유를 모르겠지만, 아버지야말로 뭔가 짚이는 데가 있는 게 아니냐며 생트집을 잡았다.

나는 그에 대답했다. 그녀와 하루히사가 사이 좋은 것은 내가 알고 있을 뿐만 아니라 스스로도 공공연하게 이야기하고 있고, 남편인 조키치도 인정하고 있다. 지금은 모르는 사람이 아무도 없다고 할 수 있다. 하지만 그렇다고 해서 두 사람 사이에 불륜 관계가 있다는 증거도 없고, 그렇다고 믿는 사람은 한 사람도 없다. 그렇게 말을 하자, 정말로 한 사람도 없겠느냐며 이쓰코가 묘한 표정으로 웃었다. 그리고 또 이야기했다. 이런 말을 해야 할지 말아야 할지 모지만, 자기는 초키치짱의 심리가 조금 이상하다고 생각한다고. 설령 사초짱과 하루히가 사 씨 사이에 무슨 일이 있었다고 하더라도 초키치짱은 보고도 못 본 척 해 용할 생각이 아니가 싶다고. 아무래도 자기 생각에 초키치짱은 조키치짱대로 그것은 사초짱 말고 누군가 다른 사람이 있다고 생각한다고, 불은 그것은 사초짱도 하루히가 사 씨도 알부적으로, 아니 알부이 아니라 서로 앞해를 하고 있는 것이 아니가 싶다고.

이 쓰크가 여기까지 이야기한 순간, 이 의자에 대한 말할 수 없는 분노와 증오가 내 가슴속에서 소용돌이치며 끓어올랐다. 나는 섬을 내며 고함을 지르기 직전까지 갔지만, 그러면 동맥일 것이 두려워서 거우 참았다. 나는 의자에 앉아 있는데도 눈앞이 깜깜해져서 쓰러질 것 같았다. 내 안색이 바뀐 것을 보고 쓰크도 얼굴이 새파랗게 질렸다.

"그만둬, 그런 이야기. 그만두고 들어?"

나는 뭘 수 있는 한 부소리를 낮추어 부들부들 떨며 말했다. 나는 무슨 이유로 그렇게까지 화가 났던 것일까? 못하지 않게 갑자기 그녀에게 비밀이 발각되어서일까? 나 자신도 별써 예전부터 알게 모르게 느치를 채고서도 에 애 모르는 척하고 있는 것을 이 눈은 여우에게 갑자기 들리는 다들켜서일까?

이 쓰크는 이제 밖에 없었다. 나는 어제 하루 동안의 무리한 활동으의 후유증으로 녹녹빗비, 어깨, 허리 등의 통증이 심해졌다. 그 탓에 아침밥에는 잡을 한숨도 편히 못 자, 단서이 아린 세 알과 아드린신 세 알을 먹고, 사사키에게 등과 어깨, 삼용 파스를 진득 붙여 달라고 하고는 잠자리에 들었

다. 그러나 역시 잠이 오지 않아 무밀 날 주사를 맞으려고 하

다가 너무 많이 자면 근친하다다고 생각하고는 그만두었다. 그

러고 나서 오후 열쇠를 잡아타다고 사쓰코의 뒤를 따라가기로

결심한 후, 《마이니치 신문》 지국의 친구에게 의뢰하여 억지

로 표를 입수했다. (나는 비행기로는 탄 적이 없다.) 사사키도 심

하게 반대하며 이렇게 헐앋이 높을 때 여행을 하는 것은 생

각도 못 할 일이니 적어도 사나흘은 안정을 취한 뒤 헐앋이

안정되면 여행을 하라고 거의 울다시피 부탁했지만, 나는 듣

지 않았다. 이쓰코가 사과를 하러 와서, 그러면 도쿄까지 제

가 곁에 가게 해 달라고 했다. 네 얼굴은 보는 것만으로도 짜

증이 나니까 따라오려면 다른 칸에 타라고 했다. ……

18일.

어제 오후 3시 2분 교토발 제2고다마 선을 탔다. 나와

사사키는 일등석, 이쓰코는 이등석이다. 9시에 도쿄 도착.

향남, 구가코, 조키치, 사쓰코 네 명이 플랫폼에 마중을 나

와 있었다. 내가 보행이 곤란할 것이라고 생각한 것인지, 건

게 하면 안 되겠다고 생각한 것인지 바퀴가 달린 벗윗 침대

를 대기시켜 놓고 있었다. 이쓰코 녀석이 전화로 모든 일을

일러바친 것이 틀림없다.

"뭐야, 정말 한심하군! 하토야마[70]도 아니고."

나는 있는 대로 배를 써서 모두에게 애를 먹었지만, 갑

70 작품의 집필 시기(1961~1962)로 보아 하토야마 이치로(鳩山一郎, 188~
1959)로 추정. 일본의 정치가, 변호사로 52, 53, 54대 내각 총리 대신-
했다. 뇌출혈 후유증으로 고생한 바 있다.

자기 오른쪽 손바닥에 또 하나의 부드러운 손바닥이 느껴졌다. 사쓰키가 손을 잡아준 것이다.

"아뇨, 아버지, 내가 하는 말 들어야 해요."

나는 순식간에 조용해져서 시키는 대로 했다. 큰 병원 침대가 움직이기 시작했고 엘리베이터로 지하니도로 내려가서 길고 어두운 길을 덜컹덜컹하며 달려갔다. 일종의 모두 뒤에서 줄줄 따라왔지만, 달리는 속도가 빨라서 따라가는 데 애를 먹었다. 마침내 힘껏이 일행에서 뒤처져서 조키치가 찾으려 되돌아갔다. 나는 도쿄 역 지하도의 깜태함과 엄청나게 많은 인구에 깜짝 놀랐다. 도처한 곳은 마루노우치[1] 쪽 중앙 입구에 가까운 사쓰키이고 있고 선무의 광태함 곳이 있다. 자동차 두 대가 지나치며 시시키기가, 뒤 한 대에는 할먼, 이쓰코, 구가코, 조키치 네 명이 있다.

"아버지, 미안해, 아무 말 안 하고 들어와서."

"누구한고 약속이라도 있었니?"

"그렇지 않아. 사실대로 말하자면 어제 하루 종일 아버님을 산대하느라고 완전히 녹초가 됐어. 이침부터 밤까지 발바닥을 그렇게 쥬물럭거리면 이무리 좋은 인이라도 건딜 수 없어. 단 하루만에 완전히 녹초가 돼서 도망칠 거야. 미안해."

평소의 그녀답지 않게 꾸며 낸 듯한 부소리였다.

"아버님 피곤하시죠? 나 12시 20분에 이타미를 출발해서 2시에 하네다 공항에 도착했어. 비행기는 참 빼뜨더라?"

¹ 북쪽 출구 이름. 남쪽은 야에스(八重洲).

....
....
....

사사키 간호사의 간호 기록 발췌

.... 17일 밤에 귀경한 환자는 교토에서 연일 계속된 피로가 한번에 터진 것 같다. 18일과 19일 이틀은 대부분 누워서 지냈지만 그래도 가끔씩 서재에 나와 전날의 일기 나머지 부분을 보충해서 썼다. 그런데 20일 오전 10시 55분, 다음과 같은 사건이 일어났다.

그 전에 사쓰코 부인은 17일 오후 3시경 하네다에서 마미아나 댁으로 돌아갔다. 부인은 바로 조키치 씨에게 전화를 걸어, 드디어 노인의 정신 상태가 이상해져서 이제 자신은 더 이상은 단 하루도 행동을 함께하는 것을 참을 수가 없기 때문에 자기 맘대로 혼자 먼저 돌아왔다는 뜻을 알렸다. 부부가 상의한 결과, 노부인에게는 비밀로 하고 둘이서 친구인 정신과 의사 이노우에 교수를 찾아가 어떻게 조치를 하면 좋겠냐고 물었다. 교수의 의견은 노인의 병은 이상 성욕이라는 것으로, 현재 상태로는 정신병이라고는 할 수 없다고 한다. 다만 이 환자에게는 늘 정욕이 필요하며 그것이 이 노인의 목숨을 지탱하는 힘이 되고 있음을 생각하면, 그에 상응하는 대접을 해 드려야 한다. 사쓰코 부인은 그 점을 신경 써서 환자를 함부로 흥분하게 하거나 환자의 뜻을 거스르

계부터 친철하게 간호를 해 드렸으면 한다. 그것이 유일한
지름 밖이라고 했다. 따라서 조기치 씨 부부는 노인의 기쁨을
맞이한 이래 될 수 있는 한 교수의 곁에 따라 노인을 대했다.

　　20일. 흐림요일. 맑음.
　　오전 8시. 체온 35.5도. 맥박 78. 호흡 15. 혈압 132에
80. 일반 상태는 별 변화가 보이지 않는다.
　　만이나 동작으로 빠서는 기분이 나는 모양.

　　오전 10시 55분. 이상하게 흥분한 상태로 서재에서
심의 나타났다. 뭔가 말을 하는 것 같은데 나로서는 이해
가 되지 않는다. 침대로 모시고 가서 편안하게 눕혔으나 맥박
136. 긴장하고 있어서 부정맥도 경체^{2}도 있었다. 호흡 23. 심
계항진을 호소한다. 혈압 158에 92. 순짓으로 가한 두통을 심
호소한다. 얼굴 표정은 공포로 일그러져 있다. 스기다 의사에
게 전화를 얼른을 했지만 특별한 지시기 없었다. 매번 있는 일
이지만, 이 의사는 간호사의 친철을 무시하는 버릇이 있다.

　　오전 11시 15분. 맥박 143, 호흡 38, 혈압 176에 100.
스기다 의사에게 다시 전화를 얼른을 했지만 지시기 없었다.
심은, 채광, 환기를 점검. 가족은 노부인만 병실에 있다. 산
소 흡입이 필요할 것인가 도타노온 병원에 약간, 병상(病
狀) 보고를 한 후 왕진을 의뢰했다.

　　오전 11시 40분. 스기다 의사 왕진. 병상 경과를 보고
함. 진철 후에 스기다 씨 왕진 가방에서 주사약을 꺼내 직접

계(結滯): 맥박이 갑자기 끊겼다 일어나는 것

주사함. 앰플은 비타민K, 콘트민, 네오피린이었다. 주사를 다 놓고 스기다 씨가 아직 현관에 있을 때, 환자는 갑자기 고성을 지르다 의식 불명이 되었다. 전신 경련이 격심해지고, 입술이나 손가락 끝에 티아노제[73]가 현저해짐. 이윽고 경련이 멈추자 강한 운동 불안이 일어나 제지하는 것을 뿌리치고 벌떡 일어나려 한다.

대소변 실금이 있음. 전체 발작 시간 약 12~13분. 깊은 수면에 듦.

오후 12시 15분. 곁에 붙어 있던 노부인이 갑자기 현기증을 호소하여 다른 방으로 모셔다 놓고 조용히 눕혔다. 10분 정도 지나자 회복. 노부인 간호는 이쓰코 부인이 맡았다.

12시 50분. 환자 진정. 맥박 80, 호흡 16. 사쓰코 부인 입실.

13시 15분. 스기다 의사 귀가. 면회 사절 지시가 내려짐.

13시 35분. 체온 37.3도, 맥박 98, 호흡 18.

때때로 해소 있고, 전신 식은땀 많이 흘림. 잠옷 교환.

14시 10분. 친척인 고이즈미 의사 내방. 병상 경과를 보고.

14시 40분. 각성. 의식 명료. 언어 장애 없음. 안면, 두부, 목덜미 주위에 타박상 같은 동통을 호소. 발작 전 좌상지(左上肢)의 동통 소실. 고이즈미 의사의 지시에 의해 사리돈 한 알, 아달린 두 알 투여. 사쓰코 부인을 알아보았지만

---

73 폐나 심장 기능이 저하하여 신체의 각 조직으로 산소가 충분히 공급되지해 손끝이나 입술, 혀 등이 청자색으로 변하는 현상.

조용히 눈을 감고 있다. 겉은 상태로 55분, 자연 배뇨. 110
시시, 혼탁 없음.

20시 45분. 임이 몹시 마름을 호소. 사쓰로 부인이 순으
로 밀크 150시시, 야채 스프 250시시를 줌.

23시 5분. 얕은 수면 상태, 노인은 이미 완전히 각성하
여 위험 상태를 벗어난 것 같지만, 재발의 염려가 없다고 할
수 있으니 다시 만일을 대비하여 도쿄 대학의 가지우라 교
수의 진찰을 청하는 것이 좋겠다고 해서 밤이 늦었기는 하
지만 조기치 씨가 교수를 데리러 갔다. 진찰 후에 이것은 뇌
일혈 발작이 아니고 뇌혈관 경련이기 때문에 지금 당장 어
떻게 될 염려는 없다고 한다. 그리고 하룻밤에 두 번 아침저녁
으로 10퍼센트 포도당 10시시, 비타민B1 100밀리리터, 비
타민C 500밀리리터 주사와 취침 전 30분에 아달린 두 알,
변비약 술베 4분의 1알 투여 지시가 있음. 금후 당분간, 약
2주간은 안정을 취하고 면회 사절을 계속할 것. 입욕은 한
동안 금지하고, 어느 정도 상태가 좋을 때를 봐서 의료할
것. 침상을 떠나게 되어도 처음에는 우선 실내를 돌아다니
는 정도로 할 것. 몸의 상태를 봐서 날씨가 화창한 날을 골
라 조금씩 정원을 산책하는 정도는 좋지만 외출은 얼마간
수 있는 한 정신을 평온하게 해서 뭔가를 깊이 생각하거나 골
똘히 생각하지 않게 할 것. 일기를 쓰는 것은 절대 불가. 이
면밀한 주의가 있었다. ……

가쓰미 의사 병상 일기 발췌

12월 15일. 맑음. 한때 짙은 안개 후 갬.

주된 호소: 가슴 통증 발작.

과거 병력: 30년 동안 혈압이 높음. 최고 혈압 150~200, 최저 혈압 70~95. 가끔 최고 240에 달한 경우도 있다. 6년 전 뇌졸중 발작이 일어난 이후 가벼운 보행 장애가 있다. 최근 수년 내 좌상지, 특히 손목 위로 신경통 같은 동통이 있고, 추워지면 더 심해진다. 젊었을 무렵에는 성병을 앓은 적이 있으며 술도 한 되 가까이 마시지만, 최근에는 마셔도 작은 잔에 한두 잔 정도. 담배는 1926년 이후 끊었다.

현 병력: 약 1년 전부터 이미 심전도상 ST 저하. T파의 평저화 등 심근 상해로 의심되는 소견이 보이지만, 최근까지 심장에 대한 호소는 특별히 없었다. 12월 20일에 심한 두통, 경련 및 의식 장애 발작이 있었고, 가지우라 교수에게 뇌혈관 경련으로 진단받아 그 지시에 따라 경과는 순조로웠지만, 같은 상태로 30일에 환자가 싫어하는 딸과 언쟁을 한 적이 있으며 그때 왼쪽 앞 흉부에 가벼운 고통을 십수 분간 느꼈고, 이후 같은 발작이 빈발하였다. 당시 심전도로는 1년 전과 비교해 뚜렷한 변화는 보이지 않았다. 12월 2일 밤, 배변 시에 힘을 주었다가 심장부에 50분 이상에 걸쳐 심하게 조이는 듯한 동통이 발생하여 가장 가까운 의사에게 왕진을 부탁했는데, 다음 날 심전도 검사에 의해 흉부 유도에 전벽중격경색(前壁中隔梗塞)이 의심되는 소견이 보였다. 동 5일 밤에도 똑같이 심한 발작이 십수 분에 걸쳐 일어난 것

에도, 매일 약한 발작이 빈발하고 있다. 원래 변비에 잘 걸리는 체질이라 배변 후에 발작이 일어나기 쉽다. 발작에 대해서는 지금까지 의사에게서 P제와 Q제 복용, 산소 흡입, 진정제, 파파베린 주사 등을 처방받았다. 12월 15일 당과(도쿄 대학 병원 내과) A호실에 입원. 주치의인 S씨 및 젊은 부인에게서 병의 경과를 듣고 가벼운 진찰을 했다. 환자는 약간 비만이며, 빈혈, 황달은 없고, 하퇴부에 경미한 부종이 보인다. 혈압 150에 75, 맥박 90으로 빠르며 규칙적. 목덜미에 정맥류 보이지 않음. 흉부에서는 양측 폐 하부에 가벼운 습성 라셀음[74]이 들리며, 심장은 비대하지 않고 대동맥 판막 입구에서 가벼운 수축기성 잡음을 청취했다. 복부에서 간, 비장이 잡히지 않고 우측 상하지에 가벼운 운동 장해가 있다고 하지만, 근력 감퇴는 없으며 이상 반사도 증명되지 않았다. 슬개건(膝蓋腱) 반사는 양측 모두 같은 정도로 감퇴되었다.

뇌신경 영역에는 이상이 보이지 않으며 가족들의 말로는 말하는 것은 보통이라고 하는데 환자 자신은 뇌졸중 발작 이래 조금 이상하다고 한다. 주치의인 S씨로부터 환자는 다른 사람들보다 약에 민감해서 상용량의 3분의 1이나 2분의 1로도 잘 들으며, 보통량을 사용하면 너무 강하다고 주의를 받고, 젊은 사모님에게서 이전에 정맥 주사로 경련을 일으킨 적이 있기 때문에 혈관 주사는 하지 않는 편이 좋겠다는 말을 들었다.

---

74   라셀음(Rassel음): 라음이라고도 하며 호흡 기관의 변적 상태로 인해 청진할 때 들리는 이상음(異常音).

16일. 맑음. 한때 흐림.

입원을 하고 안심해서 그런지 어젯밤은 발작도 없고 잠도 잘 잤다고 한다. 아침이 되어 상흉부(上胸部)에 가벼운 통증이 몇 초씩 여러 번 있었다고 하는데, 신경통인지도 모른다. 변비에 걸리지 않도록 완하제 복용을 권했다. 환자도 그 사실을 알고 이미 바이엘의 이스티진을 손수 독일에서 주문해서 사용하고 있다. 환자는 오랫동안 고혈압이나 신경통을 앓았기 때문에 약에 대해서는 매우 잘 알고 있어 웬만한 신참 의사는 명함도 못 내밀 것이다. 침대 주변에는 여러 가지 약이 놓여 있어서 특별히 처방전을 발급할 필요도 없으며, 그중에서 P제와 Q제를 계속해서 복용하라고 했다. 또한 발작이 일어났을 때는 역시 환자가 지참한 니트로글리세린 정을 빨아 먹으라고 지시했다. 환자의 머리맡에 산소 호흡기도 갖추어 두고, 바로 주사할 수 있도록 해 두었다. 혈압은 142에 78, 심전도는 3일 동안 거의 비슷하다. ST·T의 이상과 전벽중격경색으로 의심되는 소견이 보이며, 흉부 뢴트겐 사진으로는 심장 비대 증세는 거의 없고, 동맥 경화 증세가 보인다. 혈침 촉진(血沈促進), 백혈구 과다, S가 혼탁하다고 하는데, 오늘 것은 맑고 단백도 없으며 당은 약간 양성이다.

18일. 맑은 후 흐림.

입원 이래로 아직 발작은 보이지 않았다. 발작의 성상은 주로 상흉부 또는 좌전흉부의 고통이며, 그것도 수분 이상 계속되는 일은 드물다. 추우면 신경통으로 통증이 느껴지는데다가 심장 발작도 발생하기 쉬우며 병실 스팀으

해결이 되지 않아 전기 스토브와 프로판가스 스토브를 누세
개나 가져다 놓았다.

20일. 약간 흐린 후 갬.
아침밥 8시 무렵 명치에서 흉골 드핀까지 고통이 30분
정도 계속됨. 니트로글리세린정과 당직 의사의 진정제, 관
장차제 주사로 일마 안 있어 진정됨. 심전도는 지난번에 비
해 별 변화 없음. 혈압 156에 78.

23일. 맑은 후 때때로 흐림.
가벼운 발작이 매일 일어난다. 소변에 당이 쉬 어 나와
서 오늘 아침에는 조식으로 충분한 쌀밥과 반찬을 먹으라
하고 그 후 혈당치를 검사하여 당뇨병 유무를 검사했다.

26일. 일요일. 맑은 한때 흐림.
오후 6시 무렵 최전흉부에 강한 고통이 발생하여 심수
분 이상 계속된다고 병원에서 전화기 와서 불려 갔다. 당직
의에게 긴급 조치를 의뢰하고 오후 7시 무렵 달려갔다. 혈
압 185에 95. 맥박 92로 규칙적. 진정제를 주사하자 잠시 후
진정. 일요일에는 단단의가 없어서 불안해진 탓인지 발작이
많은 것 같다. 발작 시에는 혈압이 높아지는 경향이 있다.

29일. 맑음. 한때 싸라기눈 내린 후 질은 안게 낌 뒤

음.

요 며칠 심한 발작은 보이지 않았다. 벡터 심전도[75]에서도 전벽중격경색 의심이 있다. 매독 반응은 음성. 내일부터 미국에서 들여온 지 얼마 안 되는 관확장제 R을 사용하기로 했다.

1961년 1월 3일. 맑은 후 흐리고 비.
신약이 들었는지 경과가 좋은 것 같다. 소변이 혼탁하다고 한다. 현미경으로 보면 백혈구가 무수하게 나와 있다.

8일. 맑음. 한때 짙은 안개 후 맑음.
비뇨기과 K교수의 왕진을 받았다. 전립선 비대 및 잔뇨로 인한 세균 감염 증세가 보여, 전립선 마사지와 항생 물질 투여를 하고 상태를 살펴보라고 한다. 심전도에 경도의 개선이 보임. 혈압 143에 65.

11일. 맑았다 흐렸다 함.
2~3일 전부터 허리 동통을 호소하는데 통증이 점차 더 강해져서 그것을 견디고 있다. 오후가 되자 양측 흉부에 조이는 듯한 통증이 일어나 십수 분 계속되었다. 최근 가장 강한 발작이다. 혈압 176에 91, 맥박 87. 니트로글리세린정, 관확장제, 진정제 주사로 잠시 후 진정됨. 심전도에는 새로운 병변 소견이 보이지 않았다.

---

75 벡터 심전도(vector cardiogram): 심전도의 한 종류로, 심장 전체의 흥분을 측정할 때 사용함.

15일. 맑음.

어제 뢴트겐 사진 결과는 변형성 척추증이라는 진단이 나왔다. 허리를 자주 돌리지 않도록 하는 것이 좋다고 해서 허리에 다리미판을 받쳐 넣어 침대 속으로 몸이 들어가지 않도록 했다.

〔중략〕

2월 3일. 쾌청.

심전도도 상당히 좋아졌고, 최근에는 작은 발작도 거의 일어나지 않았다. 이런 정도라면 가까운 시일 내에 퇴원할 수 있을 것이다.

7일. 맑았다 흐렸다 함.

경쾌. 퇴원. 오늘은 2월치고는 드물게 따뜻한 날씨다. 환자에게 추운 날씨는 금물이므로 낮에 가장 따뜻한 때를 골라 난방차로 수송. 우쓰기 씨 집에서는 주인의 서재를 커다란 스토브로 따뜻하게 덥혔다고 한다.

야마시로 이쓰코의 수기 발췌

작년 11월 20일에 뇌혈관 경련으로 쓰러진 아버지는 그 후 얼마 안 있어 협심증, 심근 경색을 앓았고 같은 해 12월 5일 도쿄 대학 병원에 입원했는데, 가쓰미 선생님 덕분에 겨우 위험 상태를 벗어나 올 2월 7일, 50여 일 만에 퇴원할 수 있게 되어 마미아나 집으로 돌아갔다. 그러나 협심증은 전혀 치유된 것이 아니었고, 그 후에도 때때로 발작이 일어나 지금도 가끔씩 니트로글리세린의 도움을 받는다. 그리고 2월부터 3월 말까지 침실에서 한 발자국도 나간 일이 없었다. 사사키 간호사는 아버지 입원 중에도 우쓰기 가에서 어머니 간호를 맡고 있었는데, 아버지가 퇴원하자 아버지 담당이 되어, 하루 삼시 세 끼의 식사와 대소변 시중을 들었고 때때로 오시즈도 거들었다.

나는 교토 집에 있어도 요즘에는 별 특별한 일이 없기 때문에 한 달에 반 정도는 마미아나에서 생활하며 사사키 간호사를 대신해서 어머니의 병상을 지켰다. 아버지는 내 얼굴을 보면 기분이 나빠지니 될 수 있으면 아버지 눈에 띄지 않으려고 했다. 그 점은 구가코도 마찬가지다.

사쓰코의 입장은 매우 미묘한 동시에 곤란한 것이었다. 이노우에 교수의 주의에 따라 애써 아버지에게 상냥한 태도를 보이려고 했지만 너무 지나치게 상냥하게 대하거나 장시간 머리맡을 지키고 있으면 아버지는 왕왕 감격을 하며 흥분을 한다. 사쓰코가 병실에 있다가 나가면 아버지가 발작을 일으키는 일이 종종 있었다. 그렇다고 해서 그녀가 하루에 몇 번이라도 병상에 모습을 나타내지 않으면 환자가 그것에 반드시 신경을 쓰고, 그러면 병세를 악화시키는 결과로 이어진다.

아버지도 사쓰코와 마찬가지로 미묘한 심리 상태에 있었다. 협심증 발작은 엄청난 고통을 동반하는데, 아버

죽음을 두려워하지 않는다고 하면서도 죽음에 이르는 동안의 육체적 고통은 두려워했다. 그래서 사쓰코하고 너무 가까이 지내는 일을 피하려고 몰래 노력하는 모양이었지만, 그렇다고 해서 전혀 만나지 않을 수는 없었다.

　나는 조키치 부부가 사는 2층에는 간 적이 없다. 하지만 사사키 간호사의 말로는, 사쓰코는 요즘 남편의 방에서는 자지 않는 것 같고, 손님을 위해 준비해 둔 여분의 방으로 자신의 침실을 옮긴 것 같다고 한다. 간혹 하루히사가 살짝 2층에 올라가는 일이 있다고도 한다. 내가 교토에 가 있었던 어느 날, 갑자기 아버지에게 전화가 왔다. 무슨 일인가 하니, 요전의 사쓰코의 발 탁본(색지)을 지쿠스이켄에 맡겨 둔 채 아직 그대로 있으니 그것을 받아다가 전에 이야기해 둔 석수장이에게 보여 주고 그것을 불족석처럼 새겨 달라는 것이었다. 『대당서역기』[76]에 의하면 부처님의 족적이 지금도 마가다국[77]에 남아 있는데 발 크기가 1척 8촌, 넓이가 6촌, 두 발에 바퀴 모양이 있다고 한다. 사쓰코의 발바닥에 바퀴 모양까지 그릴 필요는 없지만, 크기만은 그 형태 그대로 1척 8촌으로 확대했으면 한다. 네가 꼭 그렇게 주문해 주었으면 한다고 했다. 그런 바보 같은 주문을 할 수는 없으므로 나는 적당

76　『대당서역기(大唐西域記)』: 당의 승려 현장(玄奘)이 인도 및 중앙아시아를 여행한 견문록. 각지의 불교 상황뿐만 아니라 지세, 제도, 풍속, 산업을 기술하고 또한 불타 시대의 역사상의 전설도 기록한 불교사의 근본 사료. 총 12권.

77　마가다국(Magadha, 摩揭陀): 고대 인도 16대국 중의 하나. 난다 왕조 아래에서 갠지스 강 유역의 모든 왕국을 평정하였으며, 마우리아 조 아래에서 최초의 통ᅟ' 제국을 이루었다.

히 듣고 일단 전화를 끊고서 '석수장이는 규슈 지방으로 여행 중이라 나중에 대답을 주겠다고 합니다.'라고 해 두었다. 그러자 며칠 후 다시 아버지한테서 전화가 와서 그러면 탁본을 모두 도쿄로 보내 달라고 했다. 나는 시키는 대로 했다.

　마침내 탁본이 도착했다는 소식을 사사키 간호사가 알려 왔다. 아버지는 십수 장의 탁본 중에서 완성도가 높은 것을 이것저것 네다섯 장 골라내어 한 장 한 장 열심히 몇 시간이고 질리지도 않는지 바라보며 지냈다. 또 흥분을 시키면 안 되겠다고 생각했지만 그것도 못 하게 할 수는 없어서, 사쓰코를 직접 만지는 것보다는 그렇게라도 만족하게 하는 편이 낫겠다고 생각해서 그대로 내버려 두었다고 간호사는 이야기했다.

　4월 중순이 되고 나서 날씨가 좋은 날에는 정원을 20~30분 정도 산보할 수 있게 되었다. 대개 간호사가 함께 따라다녔지만 가끔은 사쓰코가 손을 잡고 모시고 다니는 일도 있었다. 일찍이 만들어 주겠다고 약속한 수영장 공사도 그 무렵 시작되어서 정원 잔디가 파헤쳐졌다.

　"만들어 봤자 소용없어. 어차피 여름이 되면 아버님은 낮 동안 문밖으로 나올 수도 없어. 쓸데없이 비용만 드니 그만두는 게 좋아."

　사쓰코가 말하자, 조키치가 대답했다.

　"약속대로 수영장 공사가 시작되는 것을 바라보는 것만으로도 아버님 머리에는 여러 가지 공상이 떠오를 거야. 애들도 기대하고 있고 말이야."

연보

1886년(1세)   도쿄 시에서 아버지 구라고로(倉吾郎), 어머니 세키 (関)의 차남으로 출생한다.

1892년(7세)   사카모토 소학교(阪本小學校)에 입학하지만 학교에 가기를 싫어해서 2학기에 변칙 입학한다.

1897년(12세)   2월 사카모토 심상 고등소학교 심상과(尋常科) 4학년을 졸업하고, 4월 사카모토 소학교 고등과로 진급한다.

1901년(16세)   3월 사카모토 소학교를 졸업하고, 4월 부립 제일 중학교(府立第一中學校)에 입학(현재는 히비야 고등학교)한다.

1905년(20세)   3월 부립 제일 중학교를 졸업하고, 9월 제일 고등학교 영법과 문과(英法科文科)에 입학한다.

1908년(23세)   7월 제일 고등학교 졸업하고, 9월 도쿄 제국 대학 국문학과에 입학한다.

1910년(25세)   4월 《미타 문학(三田文学)》을 창간하고, 반자연주의 문학의 기운이 고조되는 가운데 오사나이 가

(小山内薰) 등과 2차 《신사조(新思潮)》를 창간한다. 대표작 「문신(刺青)」, 「기린(麒麟)」을 발표한다.

1911년(26세) 「소년(少年)」, 「호칸(帮間)」을 발표하지만 《신사조》는 폐간되고 수업료 체납으로 퇴학당한다. 작품이 나가이 가후(永井荷風)에게 격찬받으며 문단에서 지위를 확립한다.

1915년(30세) 5월 이시카와 지요(石川千代)와 결혼하고, 「오쓰야 살해(お艶殺し)」, 희곡 「호조지 이야기(法成寺物語)」, 「오사이와 미노스케(おさいと巳之介)」 등을 발표한다.

1916년(31세) 3월 장녀 아유코(鮎子) 출생, 「신동(神童)」을 발표한다.

1917년(32세) 5월 어머니가 병사하고, 아내와 딸을 본가에 맡긴다. 「인어의 탄식(人魚の嘆き)」, 「마술사(魔術師)」, 「기혼자와 이혼자(既婚者と離婚者)」, 「시인의 이별(詩人のわかれ)」, 「이단자의 슬픔(異端者の悲しみ)」 등을 발표한다.

1918년(33세) 조선, 만주, 중국을 여행하고 「작은 왕국(小さな王国)」을 발표한다.

1919년(34세) 2월 아버지 병사하고 오다와라(小田原)로 이사하여 「어머니를 그리는 글(母を戀ふる記)」, 「소주 기행(蘇州紀行)」, 「친화이의 밤(秦淮の夜)」을 발표한다.

1920년(35세) 다이쇼가쓰에이(大正活映) 주식회사 각본 고문부에 취임하여, 「길 위에서(途上)」를 《개조(改造)》에 발표하고, 「교인(鮫人)」을 《중앙공론(中央公論)》에

격월로 연재하기 시작했다. 대화체 소설 「검열관
(檢閱官)」을 《다이쇼 일일 신문(大正日日新聞)》에
연재하였다.

1921년(36세) 3월 오다와라 사건(아내 지요를 사토 하루오에게
양보하겠다는 말을 바꾸어 사토와 절교한 사건)을
일으킨다. 「십오야 이야기(十五夜物語)」를 제국 극
장, 유라쿠자(有楽座)에서 상연한다. 「불행한 어머
니의 이야기(不幸な母の話)」, 「나(私)」, 「A와 B의
이야기(AとBの話)」, 「노산 일기(盧山日記)」, 「태어
난 집(生れた家)」, 「어떤 조서의 일절(或る調書の一
節)」 등을 발표한다.

1922년(37세) 희곡 「오쿠니와 고헤이(お國と五平)」를 《신소설
(新小説)》에 발표, 다음 달 제국 극장에서 연출한다.

1923년(38세) 9월 간토 대지진(關東大震災)이 발발하여, 10월 가
족 모두 교토로 이사하고, 12월 효고 현으로 이사한
다. 희곡 「사랑 없는 사람들(愛なき人々)」를 《개조》
에 발표한다. 「아베 마리아(アヹ・マリア)」, 「고깃
덩어리(肉塊)」, 「항구의 사람들(港の人々)」을 발표
한다.

1924년(39세) 카페 종업원 나오미를 자신의 아내로 삼고자 집착
하다가 차츰 파멸해 가는 인물의 이야기를 그린 탐
미주의의 대표작 『치인의 사랑(癡人の愛)』을 《오사
카 아사히 신문(大阪朝日新聞)》, 《여성(女性)》에 발
표한다.

1926년(41세) 1~2월 상하이를 여행하고, 「상하이 견문록(上海

聞錄)」, 「상하이 교유기(上海交游記)」를 발표한다.

1927년(42세) 금융 공황. 수필 「요설록(饒舌錄)」을 연재하여, 아쿠타가와 류노스케(芥川龍之介)와 '소설의 줄거리(小說の筋)' 논쟁을 일으킨 직후, 아쿠타가와 류노스케가 자살한다. 「일본의 클리픈 사건(日本におけるクリツプン事件)」을 발표한다.

1928년(43세) 소노코에 의한 성명 미상 '선생'에 대한 고백록 형식의 『만(卍)』을 발표한다.

1929년(44세) 세계 대공황. 아내 지요를 작가 와다 로쿠로에게 양보한다는 이야기가 나돌고, 그 사건을 바탕으로 애정 식은 부부의 이야기를 다룬 『여뀌 먹는 벌레(蓼食ふ蟲)』를 연재하지만, 사토 하루오의 반대로 중단된다.

1930년(45세) 지요 부인과 이혼하고, 「난국 이야기(亂菊物語)」를 발표한다.

1931년(46세) 1월 요시가와 도미코(吉川丁未子)와 약혼하고, 3월 지요의 호적을 정리한다. 4월 도미코와 결혼하고 고야산에 들어가 「요시노 구즈(吉野葛)」, 「장님 이야기(盲目物語)」, 『무주공 비화(武州公秘話)』를 발표한다.

1932년(47세) 12월 도미코 부인과 별거하며, 「청춘 이야기(靑春物語)」, 「갈대 베기(蘆刈)」를 발표한다.

1933년(48세) 장님 샤미센 연주자 슌킨을 하인 사스케가 헌신적으로 섬기는 이야기 속에 마조히즘을 초월한 본질적 탐미주의를 그린 『슌킨 이야기(春琴抄)』를 발표한다.

1934년(49세) 3월 네즈 마쓰코(根津松子)와 동거를 시작하고, 10월 도미코 부인과 정식으로 이혼한다. 「여름 국화(夏菊)」를 연재하지만, 모델이 된 네즈 가의 항의로 중단된다. 평론 『문장 독본(文章読本)』을 발표하여 베스트셀러가 된다.

1935년(50세) 1월 마쓰코 부인과 결혼하고, 『겐지 이야기(源氏物語)』 현대어 번역 작업에 착수한다.

1938년(53세) 한신 대수해(阪神大水害)가 발생한다. 이때의 모습이 훗날 『세설(細雪)』에 반영된다. 『겐지 이야기』를 탈고한다.

1939년(54세) 『준이치로가 옮긴 겐지 이야기』가 간행되지만, 황실 관련 부분은 삭제된다.

1941년(56세) 태평양 전쟁 발발.

1943년(58세) 부인 마쓰코와 그 네 자매의 생활을 그린 대작 『세설』을 《중앙공론》에 연재하기 시작하지만, 군부에 의해 연재 중지된다. 이후 숨어서 계속 집필한다.

1944년(59세) 『세설』 상권을 사가판(私家版)으로 발행하고, 가족 모두 아타미 별장으로 피란한다.

1945년(60세) 오카야마 현으로 피란.

1947년(62세) 『세설』 상권과 중권을 발표, 마이니치 출판 문화상(毎日出版文化賞)을 수상한다.

1948년(63세) 『세설』 하권 완성.

1949년(64세) 고령의 다이나곤(大納言) 후지와라노 구니쓰네가 아름다운 아내를 젊은 사다이진(左大臣) 후지와라

노 도키히라에게 빼앗기는 역사적 사실을 제재로 한 『시게모토 소장의 어머니(少將滋幹の母)』를 발표한다.

1955년(70세) 『유년 시절(幼少時代)』을 발표한다.

1956년(71세) 초로의 부부가 자신들의 성생활을 일기에 기록하며 심리전을 펼치는 『열쇠(鍵)』를 발표한다.

1959년(74세) 주인공 다다스가 어머니에 대한 근친상간적 소망을 다룬 『꿈의 부교(夢の浮橋)』를 발표한다.

1961년(76세) 77세의 노인이 며느리를 탐닉하는 이야기를 다룬 『미친 노인의 일기(瘋癲老人日記)』를 발표한다.

1962년(77세) 『부엌 태평기(台所太平記)』 발표.

1963년(78세) 「세쓰고안 야화(雪後庵夜話)」 발표.

1964년(79세) 「속 세쓰고안 야화」 발표.

1965년(80세) 교토에서 각종 수필을 발표. 7월 30일 신부전과 심부전이 동시에 발병하여 사망한다.

옮긴이
김효순

고려대학교 일문과와 같은 대학원을 졸업하고 쓰쿠바 대학교 문예언어학과에서 박사 학위를 취득하였다. 현재 고려대학교 일본연구센터에서 식민지 시기 일본어로 번역된 조선 문예물을 연구하고 있다. 옮긴 책으로 『책을 읽는 방법』, 『쓰키시마 섬 이야기』 등이 있다. 지은 책으로는 『제국의 이동과 식민지 조선의 일본인들』, 『동아시아 문학의 실상과 허상』, 「한반도 간행 일본어 잡지에 나타난 조선 문예물 번역에 관한 연구」(중앙대학교 일본연구소, 『일본연구』 제33집), 「1930년대 일본어 잡지의 재조 일본인 여성 표상 — 『조선과 만주』의 여급 소설을 중심으로」(동아시아일본학회, 『일본문화연구』 제45집) 등이 있다.

미친 노인의
일기

1판 1쇄 펴냄 2018년 8월 3일
1판 3쇄 펴냄 2024년 5월 20일

지은이 다니자키 준이치로
옮긴이 김효순
발행인 박근섭, 박상준
펴낸곳 (주)민음사

출판등록 1966. 5. 19. 제16-490호
서울시 강남구 도산대로 1길 62(신사동)
강남출판문화센터 5층 06027
대표전화 02-515-2000 팩시밀리 02-515-2007
www.minumsa.com

© 김효순, 2018. Printed in Seoul, Korea

ISBN 978 89 374 2943 9 04800
ISBN 978 89 374 2900 2 (세트)